AF198909

Kurzgeschichtensammelband 2017

Christian Gläsmann

Kurzgeschichtensammelband 2017

11 kurze Geschichten für zwischendurch

Bibliografische   Information   der   Deutschen Nationalbibliothek:
Die Deutsche Nationalbibliothek verzeichnet diese Publikation in der Deutschen Nationalbibliografie; detaillierte bibliografische Daten sind im Internet über http://dnb.dnb.de abrufbar.

© 2018 Christian Gläsmann

Herstellung und Verlag: BoD – Books on Demand, Norderstedt

ISBN: 978-3-7460-6087-3

Inhaltsverzeichnis

1. Erik der Geschichtenerfinder

Erik, ein gebildeter, 26 Jahre alter Junggeselle, der seine Umgebung immer gut beobachtete, ging in die örtliche Bibliothek, um sich neue Bücher auszuleihen. Er lebte sehr zurückgezogen und galt als schüchtern. Freundinnen hatte er bisher keine und trotzdem fühlte er eine starke Anziehung, wenn er einer netten Frau begegnete. Er ging nicht oft aus und sein Freundeskreis war eher klein. Er beschäftigte sich mit Wirtschaft, Geschichte und Soziologie.

Als Erik die Bücherei betrat, bekam er ein komisches Gefühl, als ob irgendetwas Besonderes in der Luft liegen würde. Erik ging zum Regal mit den Soziologiebüchern um zu sehen, ob endlich die Arbeitslosenstudie über das österreichische Marienthal wieder da war. Direkt hinter ihm begann der Fachbereich Psychologie. Als er wieder einmal vertieft in die Bücherreihen der Soziologie war, bekam er einen unabsichtlichen Stoß von hinten. Er fiel auf seine linke Seite und drehte sich um, wer der oder die Schuldige war, die ihn zu Fall gebracht hatte. Da erblickte er die Übeltäterin. Sie hatte langes, braunes Haar, ein schönes

Gesicht und war ein paar Zentimeter größer als Erik. Sie war schlanker als er und wirkte ebenfalls verlegen.

„Ich heiße Sonja. Entschuldige bitte den Rempler. Ich habe nicht aufgepasst.", sagte sie.

„Ist schon gut.", sagte Erik. „Mir ist nichts passiert. Ich heiße Erik."

Er sah, dass sie ein Buch über Methoden der Psychotherapie in der Hand hielt.

„Darf ich dich zur Wiedergutmachung auf einen Kaffee einladen?", fragte Sonja. Erik willigte gerne ein.

Als beide im Café auf der Promenade der Bücherei saßen und Erik seinen heißen Kakao genoss, begann Sonja ihm ein paar Fragen zu stellen.

„Wie alt bist du, Erik?", fragte sie.

„26 und du?", entgegnete er.

„Ich bin 23 und bald mit meinem Psychologiestudium fertig. Was machst du denn so? Studierst du auch?", fragte Sonja.

„Na ja, Studium kann man das kaum nennen. Ich bin nicht an einer Uni. Ich lese gerne und viel zu gesellschaftlichen Problemen und Themen. Ansonsten bin ich Bürokaufmann und derzeit mal wieder auf Jobsuche.", antwortete Erik und sah, dass sie tiefgründige grün-braune Augen hatte.

Sonja interessierte sich sehr für Eriks Leben. Erik bestellte sich noch einen Kakao, aber auf eigene Rechnung und spendierte Sonja noch einen Kaffee. Sonja wollte gerade nach ihrer Tasche greifen, als sie versehentlich den kleinen Tisch, an dem sie saßen, umwarf. Kakao und Kaffee ergossen sich über Eriks Hemd und Hose. Beide erschraken.

„Das tut mir leid. Ich bin heute der Tollpatsch des Tages.", sagte sie.

„Nicht schlimm", entgegnete Erik, "die Sachen sollten sowieso heute Abend in die Wäsche."

„So kannst du doch nicht nach Hause laufen", sagte Sonja.

Sie bot ihm an, kurz mit zu ihr zu kommen. Erik überlegte einen kurzen Moment, aber lehnte die Einladung nicht ab. Sie gingen zu Sonjas Wohnung, die sich zwei Straßen weiter befand. Als Erik die Wohnung betrat, sah er viele alte Möbel, die wohl zumeist aus den Zwanziger und Dreißiger Jahren waren.

„Interessierst du dich sehr für die Zeit der Weimarer Republik?", fragte Erik.

„Ja, das ist mein Hobby, neben Psychologie natürlich.", sagte sie.

Da haben wir ja etwas gemeinsam, dachte er. In den vielen Bücherregalen entdeckte Erik das Buch „Die Arbeitslosen von Marienthal", welches er eigentlich aus der Bibliothek mitnehmen wollte. Die Regale waren vor allem mit Büchern zur Psychologie und zur Weimarer Republik gefüllt. In der Psychologie schien sich Sonja sehr mit den Themenfeldern Unterbewusstsein, Neurolinguistische Programmierung und Hypnose zu befassen. Dieser Bereich nahm ein ganzes Regal ein. Dann entdeckte Erik ein paar eingerahmte Urkunden und Zertifikate an der Wand zwischen zwei Regalen. Als er sich die Zertifikate genauer ansah, kam Sonja ins Zimmer.

„Ich habe dir eine Hose und ein Sweatshirt von meinem großen Bruder rausgesucht. Die müssten passen. Mein Bruder ist gerade auf einer Reise in Australien.", sagte sie, als sie das Zimmer betrat.

Sonja bemerkte, dass Erik voller Bewunderung vor den vielen Zertifikaten ihrer verschiedenen Seminare stand.

„Ich würde gerne deine dreckigen Sachen bei mir waschen, da ich spezielle Fleckentferner habe. In dieser Zeit kannst du die Sachen von meinem Bruder anziehen und wir können uns noch ein wenig unterhalten.", schlug sie ihm vor.

Erik überlegte nicht lange und ging ins Bad, um sich umzuziehen. Er konnte sich Sonjas Anziehungskraft nicht erwehren. Als sie die Waschmaschine mit eingebautem Trockner eingeschaltet hatte, setzten sich beide ins Wohnzimmer. Sie saßen sich gegenüber. Sonja in einem Sessel und Erik auf einer großen alten Couch.

„Bist du eine gute Hypnotiseurin?", fragte Erik.

„Ich habe inzwischen sehr viel Erfahrung auf dem Gebiet der Hypnose. Ich beschäftige mich damit, seit ich vierzehn war..", entgegnete Sonja, "Ob ich gut bin, können nur andere Personen beurteilen."

„Trittst du auch auf Partys auf, wo sich dann Leute zum Affen machen?", stellte Erik als nächste Frage.

„Nein.", antwortete sie, "Mir geht es um die therapeutischen Möglichkeiten und nicht um Showeinlagen."

Erik war Feuer und Flamme und bevor er ihr die nächste Frage stellen konnte, fragte Sonja, ob er schon einmal hypnotisiert wurde. Erik verneinte und fragte sich, ob sie ihm gleich ein Angebot machen würde. Sie zu fragen, würde sich Erik nicht trauen, dafür war er viel zu schüchtern.

„Hast du Lust mal eine Hypnose zu erleben?", fragte Sonja, „Du brauchst keine Angst zu haben. In Hypnose ist man dem Hypnotiseur nicht willenlos ausgeliefert."

Erik zögerte keine Sekunde und war gespannt, was nun auf Ihn zukommt. Wird sie, wie man es aus vielen Filmen kennt, mit einer pendelnden Taschenuhr agieren, oder ihn gar mit einem stechenden Blick innerhalb von Sekunden zum Schlafen bringen?

Sonja setzte sich zu ihm auf das Sofa. Sie erklärte ihm, dass die Trance, in die er gleich versetzt wird, etwas völlig Natürliches ist, für das man keine Zauberkräfte oder Ähnliches braucht. Dann fragte Sonja, ob es ihm etwas ausmacht, wenn sie ihn während der Hypnose berührt. Erik hatte nichts dagegen einzuwenden und ahnte, dass sie weder eine Taschenuhr, noch einen stechenden Blick benutzt, um ihn zu hypnotisieren. Sonja, die rechts von ihm saß, legte ihren linken Arm um ihn und platzierte ihre linke Hand auf seiner linken Schulter. Ihre rechte Hand legte sie auf Eriks Stirn. Erik fühlte, dass ihre Hände eine wohlige Wärme ausstrahlten.

„Hör mir ganz genau zu. Dann wird es leicht sein, sich von meiner entspannenden Stimme in eine angenehme Ruhe leiten zu lassen.", sagte Sonja mit leiser, warmer und einfühlsamer Stimme.

Dann sprach sie weiter: „Deine Atmung ist ruhig. Du spürst das Sofa, auf dem du so angenehm sitzt und meine warme, wohlige Hand auf deiner Stirn. Mit jedem Atemzug von dir und jedem Wort von mir entspannst du dich immer mehr und mehr. Nichts ist wichtig. Du lauschst nur meiner Stimme und spürst immer mehr die entspannende Wirkung meiner Hand auf deiner Stirn."

Erik fühlte, wie er sich immer mehr entspannte und als sie ihm sagte, dass seine Augenlider schwer würden, fielen diese ganz entspannt zu. Sonja ließ die Hand von seiner Stirn auf seine geschlossenen Augen gleiten und Eriks Kopf sank entspannt nach unten. Sie führte ihn immer tiefer in die Hypnose. Erik genoss sichtlich die

Spaziergänge auf einer grünen Wiese und andere Begebenheiten, die Sonja ihm in der Trance suggerierte und die er vollkommen realitätsnah erlebte.

Nach, wie Erik schätzte, etwa einer halben Stunde, weckte sie ihn sanft aus der Hypnose. Er konnte sich, wie Sonja ihm im Vorgespräch gesagt hatte, an alles Erlebte erinnern. So ausgeruht und entspannt hatte sich Erik noch nie gefühlt. Sonja ging ins Bad, da die Waschmaschine fertig war und Erik seine sauberen Klamotten wieder anziehen konnte. Erik war erstaunt, als er merkte, dass die Hypnose nicht eine halbe Stunde, sondern zwei Stunden gedauert hatte. Sonja erklärte ihm, dass es in Trance eine verzerrte Zeitwahrnehmung gibt und alles problemlos gelaufen war. Die beiden unterhielten sich noch eine Weile über das Erlebte und waren sich einig, dass dies nicht ihr letztes Treffen sein wird. Sonja und Erik tauschten ihre Adressen und Telefonnummern aus und verabredeten sich für den nächsten Samstag bei Erik. Als Erik sich verabschieden wollte, sahen sich beide tief in die Augen und ihre Münder zogen einander magisch an. Sie gaben sich einen leidenschaftlichen Abschiedskuss. Als Erik auf dem Heimweg war, dachte er sich „Was für ein schöner Tag!"

Heute war es soweit. Sonja hatte sich bei Erik zum Besuch angemeldet. Er hatte seine manchmal chaotische Wohnung auf Hochglanz gebracht und Kuchen zum Kaffee besorgt. Es war 14 Uhr, als es an der Tür klingelte. Erik ging aufgeregt zur Tür und als er sie öffnete, stand Sonja vor ihm. Sie war noch schöner, als er sie in Erinnerung hatte. Sprachlos von Ihrer Schönheit winkte er sie herein. Sonja schaute sich im Zimmer um und entdeckte Regale voller Bücher über die Weimarer Republik und Soziologie. Erik scheint, wie ich, eine Leseratte zu sein, dachte sie.

„Schön hast du es hier", sagte Sonja.

Erik entgegnete ein schüchternes „Danke" und schien langsam seine Sprache wiederzufinden.

„Seit der Hypnose bin ich irgendwie entspannter als früher.", berichtete er ihr, „das hat mir richtig gutgetan."

Das freute Sonja sichtlich und zauberte ein breites, süßes Lächeln auf ihr Gesicht.

„Ich habe mich seit unserem ersten Treffen ein wenig über Hypnose informiert. Das ist ja ein richtig spannendes Thema!", sagte Erik.

Dann bat er sie zu Tisch, um Kaffee und Kuchen zu genießen. Sonja erzählte ihm von ihrer Suche nach einem passenden Thema für Ihre Abschlussarbeit im Studium. Sie wollte etwas Spezielles, bei dem die Hypnose eine wichtige Rolle spielt bearbeiten, aber hatte noch keine Idee.

„Vielleicht irgendetwas mit Kreativität und Hypnose.", schlug Erik vor.

Sonja fand Gefallen an dieser Idee aber warf die Frage in den Raum, in welchem Zusammenhang sie Beides bringen sollte. Erik spürte ihre latente Verzweiflung und dachte nach. Plötzlich fiel es ihm wie Schuppen von den Augen. Erik hatte eine Idee für die Umsetzung. Schüchtern wie er war und in Angst, Sonja könnte ihn für verrückt halten, kämpften seine Gefühle und sein Verstand einen Kampf in seinem Innersten.

Sonja fragte mit flehendem Blick „bist du kreativ?"

„Na ja, wie man es nimmt.", stammelte er, "Ich schreibe ab und zu Musiktexte und Reime, aber bisher nur für mich, ich traue mich nicht sie zu veröffentlichen. Ich habe Angst, dass sie vielleicht nicht gut genug sind und ich mich der Lächerlichkeit preisgebe."

Sonja lächelte mit einem Blick, der unwiderstehlich war und bat Erik, seine Texte herauszuholen, damit sie sie einmal lesen konnte. Erik konnte sich der Bitte nicht erwehren und gab Sonja ein paar Texte. Sie las sich Beispieltexte durch und ihr Gesicht bekam ein Strahlen wie das von einem kleinen Kind, wenn es das ersehnte Geschenk an Weihnachten auspackt.

„Deine Texte sind gut, warum traust du dich nicht, sie zu veröffentlichen. Du hast eine schöne bildhafte Sprache, die bei vielen Menschen das Kopfkino laufen lässt.", sagte Sonja mit Begeisterung, „Dass du in Bildern sprichst und sehr sprachgewandt bist, wusste ich ja seit unserem ersten Treffen. Du hast eine sehr große Vorstellungskraft. Deshalb war es auch sehr leicht, dich zu hypnotisieren und dich in einen sehr tiefen Trancezustand zu versetzen."

Erik fragte sie, ob man auch in Hypnose sprechen könnte, um seine Gedanken auszudrücken. Sonja nickte mit dem Kopf und erzählte ihm, dass er bei der Hypnose sehr deutlich zu verstehen war. Nun erinnerte sich auch Erik, dass er ihr in Hypnose mehrere Fragen beantwortet hatte.

„Vielleicht könntest du mich hypnotisieren und unter Hypnose Geschichten erzählen lassen, die mir gerade einfallen. Sozusagen hypnotisch erzeugte Kurzgeschichten die in dem Moment entstehen, wenn ich in Trance bin. Ich erzähle diese in Hypnose, ohne sie vorher aufgeschrieben oder gedanklich entwickelt zu haben. Alles geschieht im gleichen Moment. Als ob ich ein Buch vorlese, das gerade im Kopf entsteht."

Sonja schaute ihn mit großen Augen an und schien vollkommen verblüfft zu sein. Eine solche Idee wäre ihr nie in den Sinn gekommen. Um so etwas hinzubekommen muss man spontan sehr kreativ sein können und das auch in Trance. Im Innersten bezweifelte sie, dass so etwas überhaupt möglich ist, ließ es sich aber nicht anmerken.

„Wir können es ja mal probieren!", meinte Erik voller Begeisterung.

Sonja und Erik beschlossen, den Kuchen aufzuessen und dann eine weitere Hypnose durchzuführen, um es zu testen.

Sonja versuchte, sehr selbstbewusst zu wirken, obwohl sie Eriks Idee bezweifelte. Um sich nichts anmerken zu lassen, wählte sie diesmal eine schnelle Einleitung, die Erik innerhalb weniger Sekunden in eine leichte Hypnose versetzte, die sie nur vertiefen musste. Nach etwa zwei Minuten hatte er einen sehr tiefen Trancezustand erreicht und Sonja gab ihm die Suggestion, dass er sich in einer ihm unbekannten Bibliothek befand, dort ein imaginäres Buch aus einem Regal nehmen sollte und problemlos sprechen konnte, ohne die Tiefe der Hypnose zu beeinträchtigen. Dann sollte er mitteilen, um welches Buch es sich handelt und aus dem Buch vorlesen. Erik erzählte von einem dicken Buch, das mit mehreren Bänden im Regal stand und von Kurzgeschichten handelte. Die Hauptperson war ein gewisser Tom. Sonja hörte ihm ungläubig zu. Sie konnte dieses Erlebnis kaum fassen. Alles schien so zu sein, wie Erik es vorgeschlagen hatte. Als er das Wort Ende sprach und ihr mitteilte, dass die Geschichte vorbei sei, ergriff Sonja wieder die Initiative.

„Du schließt nun das Buch und stellst es in das Regal zurück. Dein Unterbewusstsein weiß, wo das Buch steht. Du kannst, wenn du willst, immer wieder diese Bibliothek betreten, wenn du in Hypnose dazu aufgefordert wirst. An die Geschichte, die du gerade erzählt hast, kannst du dich nur erinnern, wenn du in tiefer Trance bist, dich in dieser Bibliothek befindest und aus dem gleichen Buch wieder vorliest. Im Wachzustand kannst du dich nicht an Geschichten erinnern, die du in dieser Bibliothek gelesen hast. Es ist dir unmöglich die unter Hypnose vorgelesenen Geschichten zu erzählen oder aufzuschreiben, auch nicht in Teilen, wenn du aufgewacht bist. Der Schlüssel zur Bibliothek und die Existenz der Bibliothek ist tief in deinem Unterbewusstsein vergraben und nur unter Hypnose zugänglich.", sagte sie.

Dann weckte Sonja den total entspannten Erik aus der Trance.

Er fragte, was passiert war. Sonja fragte ihn, ob er eine Romanfigur mit dem Namen Tom kenne. Er verneinte dies und fragte erneut, was während der Hypnose geschehen sei, da er, im Gegensatz zur ersten Sitzung, keine Erinnerung daran habe. Dies sei nicht schlimm, meinte sie, umarmte ihn und küsste ihn voller Leidenschaft. Erik war vollkommen verdutzt. Sonja erzählte ihm, dass seine Idee funktioniert hat und sie ihn am Montag in der Universität treffen möchte. Sie wollte das Ganze nochmals prüfen, aber unter anderen Bedingungen.

Als Sonja nach Hause ging, beschloss sie, ihre Studienkollegin Nadine in dieses Projekt mit einzubeziehen. Nadine war ebenfalls eine hervorragende Hypnotiseurin, die ihre Abschlussarbeit bereits fertiggestellt hatte und dadurch sicherlich Zeit in Sonjas

Anliegen investieren könnte. Zuhause angekommen, griff Sonja zum Telefon und rief Nadine an. Beide verabredeten sich für den nächsten Morgen in Nadines Wohnung.

Sonja hatte eine ruhige, entspannte Nacht und fuhr um neun Uhr mit dem Bus zu Nadine. Diese wartete schon voller Spannung auf sie. Als die Tür geöffnet wurde, fiel Sonja ihrer Studienkollegin mit Freudentränen in die Arme.

„Was ist denn mit dir los?", wollte Nadine wissen, "Du bist ja völlig aus dem Häuschen. So kenne ich dich gar nicht."

„Ich habe letzte Woche einen Typen getroffen, der mir das Thema für meine Abschlussarbeit auf dem Silbertablett serviert hat.", sagte Sonja, "Er heißt Erik und ist sehr nett. Er ist total kreativ und wir liegen auf einer Wellenlänge!"

Nadine hatte sie noch nie so euphorisch erlebt. „Jetzt sag' nicht, du bist verknallt!", rutschte es Nadine raus..

„Ich glaube schon.", erwiderte Sonja, „Wir haben uns gestern zum zweiten Mal getroffen und geküsst haben wir uns auch schon!", sagte Sonja.

Sie erzählte Ihrer Freundin von dem Missgeschick, mit dem alles anfing und von der Ersthypnose von Erik.

„Da hast du dich ja ordentlich ins Zeug gelegt um ihn näher kennenzulernen.", sagte Nadine und ergänzte, „hast du ihm irgendetwas suggeriert, damit es zu einem Treffen bei ihm kommt?"

Sonja verneinte dies und erzählte von Eriks Schüchternheit. Sie war sich sicher, dass er die gleichen Gefühle für sie empfand. Danach berichtete sie vom zweiten Treffen und dem genialen Einfall von Erik für ihre Abschlussarbeit.

„Das ist nicht dein Ernst, oder?", fragte Nadine zweifelnd.

Sie konnte sich nicht vorstellen, dass so etwas funktioniert. Sonja erzählte ihr von der zweiten Hypnose und dem erfolgreichen Experiment. Nadine konnte kaum glauben, was sie hörte.

„Das will ich sehen!", forderte sie, „wenn er arbeitslos ist, kann er doch mal vorbeikommen und wir können das Experiment im Labor nachstellen. Aber diesmal werde ich die Hypnose übernehmen! Oder hast du die Erinnerung und das Betreten der beschriebenen

Bibliothek von einer Hypnose durch deine Person abhängig gemacht?"

Sonja sagte, dass die Bibliothek nur in tiefer Trance betreten werden kann, aber der Hypnotiseur unerheblich wäre.

Am nächsten Morgen rief Sonja Erik an um einen Termin für das Experiment zu vereinbaren.

„Hallo Erik, hier ist Sonja. Hast du morgen früh schon etwas vor?", fragte sie.

„Nein. Ich habe deine Stimme schon total vermisst. Wohin soll ich wann kommen?", entgegnete er.

Sie verabredeten sich für den nächsten Morgen um 8:00 Uhr an der Eingangspforte der Universität. Erik war ganz aufgeregt und fand erst spät in der Nacht in den Schlaf.

Als Erik zur Uni kam, warteten schon Sonja und Nadine auf ihn. Nadine war ganz anders als Sonja. Kleiner, blond, frecher und sie sprach sehr schnell, aber mit angenehmer Stimme. Sonja gab Erik einen Kuss zur Begrüßung und alle drei gingen in die psychologische Fakultät. Als sie dort ankamen, stellte sich Nadine vor.

„Hallo Erik, ich bin Nadine, Sonjas Freundin. Ich helfe ihr bei der Abschlussarbeit und sie hat mir schon Einiges über dich erzählt.", sagte sie.

Erik hatte direkt eine Vertrauensbasis zu Nadine.

„Du wirst also dabei sein, wenn Sonja das Experiment wiederholt?", fragte Erik.

„Nicht nur das, Erik. Diesmal wird Nadine dich hypnotisieren, um zu testen, ob die Methode unabhängig vom Hypnotiseur funktioniert.", beichtete ihm Sonja, was sie ihm am Telefon verschwiegen hatte.

„Damit habe ich kein Problem.", entgegnete Erik.

„Es wird auch mit mir funktionieren.", garantierte Nadine.

Sonja erklärte, dass auch sie und Nadine diese Methode an sich ausprobieren wollten und ein Dritter, also Erik, als Zeuge dabei sein sollte.

Sonja, Nadine und Erik besprachen die Versuchsanordnung. Sonja hatte eine Videokamera aufgestellt, die das Ganze aufnahm, um es später genauer auszuwerten. Danach nahm Erik in einem Entspannungsstuhl Platz und Nadine setzte sich neben ihn. Sie bat ihn, die Augen zu schließen, und redete schnell und bestimmt auf ihn ein. Ihre Worte prasselten wie ein Maschinengewehrfeuer auf ihn ein. Er hörte nach ein paar Sekunden auf, bewusst über Nadines Redeschwall nachzudenken, und ließ sich einfach in ihre Worte fallen und den Dingen seinen Lauf. Als er tief genug in Trance war, forderte Nadine ihn auf, die Bibliothek zu betreten, das Kurzgeschichtenbuch aus dem Regal zu nehmen und aus ihm vorzulesen. Erik erzählte die folgende Geschichte vom Schneechaos:

Das Schneechaos

Tom wachte auf. Wieder fünf Uhr morgens, dachte er und wollte sich gerade wieder umdrehen, als die Radionachrichten begannen. Die Topmeldung war starker Schneefall in der Nacht, verbunden mit chaotischen Strassenverhältnissen. Tom sprang auf. Richtig viel Schnee hatte es hier schon Jahre nicht mehr gegeben. Er schaute aus dem Fenster und sah eine hohe geschlossene Schneedecke. Außerdem gab es einen Schneefall, der so dicht war, dass er die andere Straßenseite kaum erkennen konnte.

Tom blickte erneut zur Uhr. Er fragte sich, wie er zur Arbeit kommen sollte. Das Auto zu nehmen glich einem Suizidversuch. Wenn man das Auto aus der Garage fahren könnte, lauerte Glatteis unter dem Schnee. Busse und Bahnen waren laut Nachrichten erst gar nicht aus den Depots gefahren. Er beschloss, gegen sieben Uhr, seinen Chef zuhause anzurufen. Nachdem Tom geduscht und gefrühstückt hatte, griff er zum Telefon. Er nahm den Hörer mehrfach ab, aber er bekam kein Freizeichen. Das Telefon war tot! Auch der Versuch das Handy zu benutzen scheiterte am Funknetz. Internet und Fax funktionierten ohne Telefonleitung auch nicht. Er hatte keine Chance seinen Vorgesetzten zu erreichen.

Tom schaltete den Fernseher ein. Da er Satelliten-empfang hatte, gab es weder Bild noch Ton. Die Satellitenschüssel war wohl eingeschneit. Verwirrt ging er zum Radio und machte es wieder an. Den ganzen Vormittag gab es im Radio nur ein Thema, das Schneechaos! Nachdem Tom es sich gemütlich gemacht hatte und sich gerade ein Buch gönnen wollte, fiel ihm ein, dass er eigentlich noch einkaufen wollte. Er beschloss zu versuchen, den Supermarkt zu Fuß zu erreichen. Der Einkaufstempel war nur fünf Minuten entfernt. Vielleicht hatte er ja geöffnet.

Der Nachbar aus dem Erdgeschoss hatte, trotz weiterer Schneefälle, einen kleinen Weg bis zum Bürgersteig frei geschaufelt. Tom zog sich dick an und wagte das Abenteuer. Er öffnete die Tür und ein kalter Wind wehte ihm ins Gesicht. Der Schnee knirschte unter seinen Schuhen. Immer noch schneite es ein wenig. Als Tom den Bürgersteig erreichte, sah er vor sich eine zwanzig Zentimeter hohe Schneedecke. Mit schweren Schritten stapfte er Richtung Supermarkt. Nach mehr als Zehn Minuten war er da.

Als er dort ankam, traute er seinen Augen nicht. Massen von Menschen drängten in den Markt. Tom stellte sich an. Normalerweise wäre er jetzt umgekehrt, aber dieses Abenteuer wollte er sich nicht entgehen lassen. Die Leute kauften ein, als ob gerade ein Krieg ausgebrochen war und alle Geschäfte die nächsten zwei Wochen geschlossen hätten. Es spielten sich nahezu unbeschreibliche Szenen ab. Nachdem Tom sich seinen Weg in den Supermarkt gebahnt hatte, glich dieser einem Schlachtfeld. Kunden kämpften um die Waren, als ob es um Leben und Tod ginge. Tom konnte gerade noch einer kleinen Schlägerei entkommen, die am Obst- und Gemüsestand stattfand. Auch Toilettenpapier schien sehr gefragt zu sein. Frauen stritten um Hygieneartikel. Kleine Kinder, die normalerweise weinen, wenn sie keine Schokolade bekommen, weinten nun wegen der verstörenden Bilder um sie herum und wollten nach Hause. In der Regel hätte man längst die Polizei gerufen, um das Chaos zu beseitigen, aber ohne

Telefon hatte man keine Chance. Der Marktleiter versuchte, in der Getränkeabteilung, eine Schlägerei zu verhindern. Die Krawalle in den Gängen wurden immer stärker. Die Regale waren beinahe ausgeräumt und das Lager schien bereits geleert worden zu sein. Mitarbeiter des Supermarktes hatten zahlreiche Notkassen eingerichtet. Immer wieder hatten Kunden zu wenig Bargeld dabei und wollten mit Karte bezahlen. Ohne Internetverbindung war aber keine elektronische Zahlung möglich. Da Tom hier sowieso nichts Ordentliches mehr ergattern konnte, suchte er irgendeinen Weg, um gesund aus dem Supermarkt zu entfliehen.

Nach zehn Minuten hatte er sein Ziel erreicht. Endlich draußen. Endlich wieder in der Zivilisation angekommen, dachte Tom und ging vorsichtig heim. Zuhause angekommen, schüttelte er sich den Schnee von den Klamotten und machte es sich gemütlich. Die verstörenden Szenen aus dem Supermarkt gingen ihm nicht mehr aus dem Kopf. Tom dachte darüber nach, wie es jetzt in der Firma aussieht. Wahrscheinlich war das Chaos auch dort ausgebrochen. Er lauschte dem Radio und und wollte sich gerade ein Buch schnappen, als er ein Krachen und Scheppern hörte. Durch das

Wohnzimmerfenster konnte er sehen, dass zwei Autos zusammengestoßen waren.

Die Insassen schienen unverletzt und keiften sich an. Die Autos waren wenig deformiert, da beide etwas mehr als Schrittgeschwindigkeit gefahren waren. Als einer der Fahrer ein Messer zückte, verschanzte sich der Andere in seinem Fahrzeug und versuchte abzuhauen. Mit Mühe und Not bewegte sich der Wagen und der verängstigte Mann fuhr schnellstmöglich weiter. Tom verschwand aus dem Blickfeld des Fensters. Er wollte nicht als Zeuge herangezogen werden. Schon gar nicht von dem Typen mit dem Messer. Als dieser verschwand, atmete Tom auf.

Er griff erneut zu seinem Buch. Vielleicht konnte er jetzt in Ruhe lesen. Kurze Zeit später übermannte ihn der Schlaf. Als er wieder aufwachte, klingelte sein Wecker und das Radio war aus! Tom guckte verdutzt aus dem Fenster. Der Schnee war verschwunden und der Tag war immer noch der gleiche. Langsam dämmerte ihm, dass er wohl einen sehr realistischen Traum hatte. Er duschte sich, frühstückte und fuhr zur Arbeit. Es wurde ein ganz normaler Tag.

- Ende-

Dann führte Nadine den total entspannten Freund von Sonja wieder sanft aus der Trance heraus. Sonja und Nadine waren begeistert über das gelungene Experiment. Erik konnte sich an die Zeit zwischen Hypnoseeinleitung und dem Aufwachen nicht erinnern und war entsprechend verdutzt über die Freude der Beiden.

Sonja erklärte ihm alles.

„Erik, du hast genau die gleiche Geschichte erzählt, wie bei mir zuhause. Obwohl Nadine dich hypnotisiert hat, hat es funktioniert. Wir haben alles auf Video festgehalten und sehen es uns nachher gemeinsam an. Inzwischen werden Nadine und ich uns wechselseitig hypnotisieren und unserer Kreativität freien Lauf lassen. Auch das nehmen wir auf. Mal schauen, wie es bei uns wirkt. Du wirst, unter meiner Anleitung, nachher eine weitere Geschichte erzählen. Mal schauen, was dabei rauskommt.", stellte Sonja Erik den weiteren Tagesverlauf vor.

Erik war gespannt, wie kreativ Nadine und Sonja sind und was er erzählt hat.

Bevor Sonja Nadine auf eine Reise in das Unbewusste schickte, hypnotisierte sie Erik kurz, damit er nicht bei der Hypnoseeinleitung von Nadine auch in Trance geht und Nadines Geschichte nicht mitbekommt. Nachdem Nadine in Trance versunken war, holte Sonja Erik aus der Hypnose, damit er verfolgen konnte, wie Nadine während des Experiments reagiert. Sonja regte Nadine an, in die Bibliothek zu gehen, ein Buch zu ziehen und daraus vorzulesen. Sie gab ein paar Reime von sich und schreckte aus der Hypnose auf.

„Oh mein Gott, das funktioniert ja wirklich.", rief Nadine.

Erik war verwirrt. Warum konnte sich Nadine erinnern? Warum war sie plötzlich raus aus der Hypnose? Sonja und Nadine erklärten Erik, wie es dazu kommen konnte. Nun war Sonja an der Reihe. Sie war total aufgeregt. Nadine versuchte sie in eine Hypnose zu versetzen, die tief genug war, aber Sonja konnte sich nicht fallen lassen. Die Aufregung war momentan zu groß.

Die beiden Studentinnen luden Erik zum Mittagessen ein. Der Vormittag war sehr aufregend gewesen. Als die Drei in die Universität zurückkehrten, sahen sie sich zunächst die Videoaufnahmen an.

Erik war baff. „Ich sehe ja total entspannt aus. Aber ich rede so langsam."

„Du warst total relaxed, Erik. Die langsame Sprache ist bei so tiefer Entspannung nicht unüblich.",erklärte Nadine.

Auch den Versuch mit Nadine schauten sie sich an.

„So, jetzt werde ich dich nochmal auf eine Reise ins Unbewusste schicken, Erik.", sagte Sonja und bat Erik auf dem Entspannungsstuhl Platz zu nehmen.

Erik genoss die etwas längere Einleitung von Sonja und ließ sich ganz tief sinken. Sonja schickte ihn wieder in die Bibliothek und bat ihn, die zweite Geschichte vorzulesen:

Der Held der Mittagspause

Es war einer dieser herrlichen Frühlingstage, die mit ihren Temperaturen und ihrem Sonnenschein den nahen Sommer ankündigten. Die Vögel zwitscherten, die Sonne strahlte und am Himmel war keine Wolke zu sehen. Die Menschen waren vornehmlich im Freien zu finden. Die Außentische der Straßencafés und Eisdielen waren nahezu voll besetzt. Wohin man blickte, gab es nur glückliche Gesichter. An so einem Tag glaubt man vielerorts, dem Paradies näher zu sein, als sonst.

Tom hatte Mittagspause und ging die Straße hinunter. Vorbei am italienischen Eiscafé San Remo, bei dem er am Ende der Pause nochmal vorbeischauen wollte. Tom hatte bisher einen perfekten Tag. Er hatte gut geschlafen und viele nette Kunden im Geschäft, in dem er arbeitete. Die Einnahmen des Tages waren bisher sehr erfreulich. Tom schwenkte am Ende der Straße in den Stadtpark ein, der grünte und blühte, als wäre es das Paradies.

Am anderen Ende des kleinen Parks stand ein asiatischer Imbisswagen, der immer gut besucht war. Da Tom Stammkunde war, bekam er diesmal eine besonders große Portion gebratene Nudeln mit Gemüse und einer nahezu göttlichen süß – sauren Soße. Tom bedankte sich und setzte sich auf eine nahe Parkbank, die im Schatten einiger großer Sträucher stand. Während er sein Mittagessen genüsslich aß, kamen immer wieder Jogger und Fahrradfahrer an ihm vorbei. Er sah von weitem einen älteren Mann in seine Richtung laufen, der schon ziemlich außer Puste war. Als der Mann näher kam bemerkte Tom, dass der Mann sein Gleichgewicht kaum noch halten konnte. Bevor er dem Mann etwas zurufen konnte, brach dieser in sich zusammen.

Tom sprang sofort auf und bat ein paar Passanten, ihm zu helfen. Die Meisten blieben stehen und gafften. Die Anderen flüchteten aus Furcht, Verantwortung übernehmen zu müssen. Als Tom sich über den Mann beugte und ihn ansprach, stand der Koch vom Asia – Imbiss neben ihm und rief mit seinem Handy einen Krankenwagen. Zuvor musste sich dieser mit ein wenig Gewalt durch die Menge der Schaulustigen kämpfen. Der zusammengebrochene Mann war glücklicherweise noch bei Bewusstsein. Er schien sich übernommen zu haben und hatte auch nichts zu trinken bei sich. Der Sohn vom Asia – Koch brachte sofort eine große Flasche Wasser herüber, um dem Flüssigkeitsmangel entgegenzuwirken. Der Mann konnte aufstehen und setzte sich zu Tom auf die schattige Parkbank. Es standen immer noch zahllose Gaffer um die Parkbank herum. In diesem Moment trafen der Krankenwagen und die Polizei ein. Die Rettungssanitäter freuten sich, dass der Mann bei Bewusstsein war und bisher gut versorgt wurde. Die Polizei war mit einem Streifenwagen mit zwei Polizisten, sowie drei Fußstreifen zum Ort des Geschehens gekommen. Der Koch hatte, zusätzlich zum Krankenwagen, die Polizei bestellt, um die gaffende Menge wegen unterlassener Hilfeleistung und Behinderung eines Rettungseinsatzes anzuzeigen. Viele Schaulustige beschwerten sich über die Anzeige, doch ein paar schienen zu begreifen, dass es hier auch um Leben und Tod hätte gehen können. Es dauerte einige Zeit, bis alle Gaffer ihre Personalien abgegeben hatten, aber bei fünf Polizisten ging es doch relativ zügig voran.

Tom schaute auf die Uhr und sah, dass er seine Pause schon um dreißig Minuten überzogen hatte. Was würden der Chef und die Kollegen wohl sagen? Würde man ihm glauben, was er zu erzählen hatte? Ein Streifenpolizist begleitete ihn zu seinem Arbeitsplatz, wo sein Vorgesetzter mit grimmiger Miene auf Ihn wartete.

Als er gerade erklären wollte, was passiert war, unterbrach ihn der Chef: „Da ist ja unser Held des Tages!"

Die nur aufgesetzte Grimmigkeit wich einem fröhlichen Lächeln. Tom erkannte, dass hinter seinem Vorgesetzten der Sohn des Kochs stand. Der Chef wusste längst, was vorgefallen war, da der junge Mann ihn unterrichtet hatte, noch bevor Toms Pause zu Ende war. Tom bekam für den Rest des Tages frei und ging Richtung Park. Er war immer noch hungrig, da er seine Nudeln kaum angerührt hatte. Für den Rest der Woche bekam er, um ihn zu ehren, alles Essen an dem Asia–Imbiss gratis. Als der Inhaber vom Eiscafé San Remo am nächsten Tag durch die Zeitung von dem Vorfall erfuhr, gab es eine Woche Gratiseis für Tom bei seinem Lieblings–Eiscafé. Tom erinnert sich noch heute an diesen Tag, als ob er gestern war. Sein Vorgesetzter hat seitdem ein großes Schild an seinem Geschäft. Darauf steht: „Helfe und Dir wird geholfen!" Tom setzte, nach diesem Frühlingstag, diesen Spruch immer wieder in die Tat um. Genau wie seine Kollegen und viele Kunden.

- Ende-

Nadine konnte sich vor Begeisterung kaum halten. Sonja holte Erik aus der Hypnose und erzählte ihm, dass auch dieser Versuch erfolgreich war.

„Lass uns direkt weitermachen.", sagte Nadine freudestrahlend, „nun werde ich dich noch einmal hypnotisieren Sonja. Vielleicht geht es jetzt besser."

Sonja setzte sich in den Stuhl. Irgendwie war ihr der Eifer von Nadine nicht geheuer. Erik saß in einem Sessel gegenüber von Nadine. Im Gegensatz zu Sonja legte es Nadine darauf an, beide gleichzeitig, von Sonja unbemerkt in tiefe Trance zu versetzen. Sie schickte

Sonja mit den gleichen Worten, die vorher schon Erik schnell in Hypnose brachten in eine tiefe Trance. Erik entspannte sich zusehends bei der Hypnoseeinleitung von Sonja und Nadine nutzte dies, um Erik genauso tief in Hypnose zu führen wie Sonja. Nadine war der Meinung, die beiden geben ein gutes Paar ab. Die Kamera hatte sie inzwischen ausgeschaltet. Nadine befragte beide nach ihrer Zuneigung zueinander. Sonja und Erik fanden sich sehr sympathisch und konnten sich eine weitere Beziehung miteinander vorstellen. Dann weckte Sonjas Freundin Erik aus der Hypnose, schaltete die Kamera wieder ein und ließ Sonja in Gedanken in die Bibliothek gehen. Als Nadine sie bat, ein Buch aus dem Regal zu ziehen, sagte Sonja nur, dass das Regal leer ist. Nadine führte Sonja aus der Hypnose, und die Drei beschlossen, in der nächsten Woche weiterzumachen.

Nachdem Erik sich verabschiedet hatte, nahm Sonja Nadine zur Seite.

„Warum hast Du das gemacht?", fragte sie.

„Was meinst du?, fragte Nadine.

„Die Frage, ob wir uns sympathisch finden. Ich habe seine Antwort nicht mitbekommen. Ich fand die Aktion nicht gut.", antwortete Sonja.

„Erik kann sich an diese Frage nicht erinnern.", beruhigte Nadine, „ich habe ihm suggeriert, dass er sich daran nicht erinnert. Außerdem hat er dich sehr lieb, hat er gesagt."

„Ich mag ihn auch sehr. Ich glaube, wir sollten dieses Experiment mit ihm nicht fortführen. Er könnte sich sonst so ausgenutzt vorkommen.", entgegnete sie.

Sonja suchte sich ein anderes Thema für ihre Abschlussarbeit um ihre Beziehung zu Erik nicht zu gefährden. Erik stimmte zu und die beiden sind heute noch zusammen. Ab und zu lässt Sonja Erik in die Bibliothek seines Unbewussten gehen und schreibt die Geschichten auf, nur für sie beide.

2. Neu in Marzahn

„Bist du dir auch sicher, dass du das willst?", fragte sein Vater.

„Ja, darauf freue ich mich seit Monaten. Es ist alles vorbereitet. Alles kein Problem.", sagte Robert.

Robert, 23 Jahre alt, war kurz davor einen riesigen Bruch in seinem Leben zu machen. Er hatte 25.000 Euro gespart, um notfalls ein Jahr ohne Einkommen leben zu können, seine Stelle gekündigt und wollte von der Kleinstadt und seinen Eltern wegziehen. Einen Neuanfang machen. Robert zog in die Hauptstadt. Ab nach Berlin. Er hatte nur einen Koffer mit persönlichen Unterlagen und Klamotten dabei. Alles andere, wie Möbel und die sonstige Erstausstattung der Wohnung, wollte er vor Ort kaufen. Schließlich sollte sein Zimmer bei den Eltern nicht leer sein, wenn er mal zu Besuch kam.

Robert hatte eine Genossenschaftswohnung in der Trusetaler Straße in Berlin-Marzahn gemietet. 350 Euro Warmmiete für knapp 33 qm. Die Stelle, ein Supermarkt und mehrere Discountmärkte für den täglichen Einkauf waren wenige Minuten zu Fuß entfernt. Gewiss, Berlin hat schönere Ecken als die Plattenbausiedlung Marzahn, aber dort bekam man noch eine Wohnung zu bezahlbaren Preisen. Er verließ sein Elternhaus und fuhr mit der Bahn in Richtung seiner neuen Heimat.

Es war der letzte Tag im Mai, ein Sonntag, als Robert auszog, Berlin zu erobern. Für die ersten zwei Nächte hatte er sich ein Hotelzimmer am Alexanderplatz gebucht. Am Montagvormittag sollte die Schlüssel-übergabe der Wohnung erfolgen. Die Wohnung war vorher von der Genossenschaft renoviert und tapeziert worden. Raufaser, weiß gestrichen, wie üblich. Es war früher Nachmittag, als Robert im Hotel eincheckte. Er brachte den Koffer auf sein Zimmer, ging direkt wieder runter und zum Bahnhof Alexanderplatz. Dort kaufte sich Robert ein Stadtplanbuch von Berlin und eine Tageskarte für Bus und Bahn. Schließlich wollte er sich seine neue Wohngegend nochmal genau ansehen. Er fuhr mit der U-Bahn Linie 5 bis zum Bahnhof Lichtenberg und von dort mit der S-Bahn Linie 7 weiter zur S-Bahn-Station Mehrower Allee.

Als Robert in Marzahn angekommen war, merkte er, dass sein Magen bereits heftig knurrte. Er folgte der Mehrower Allee Richtung Osten und kehrte in ein Steakhaus ein, wo er seinen Hunger stillte. Anschließend wanderte er noch zwei Stunden durch sein neues Heimatviertel und kaufte ein paar Sachen für den Abend ein. Auf der Rückfahrt zum Hotel, dachte er an die Dinge, die morgen zu tun waren. Abends rief er seinen Vater an, um ihn zu informieren, dass er gut angekommen war. Robert hatte ein einfaches Klapphandy mit Prepaidkarte. Es gab nichts was er mehr hasste als diese laufenden Zombies mit ihren Smartphones. Er wurde dafür oft belächelt, doch das war ihm egal. Er brauchte kein tragbares Internet. Früher ging es ja auch ohne.

Am nächsten Morgen genoss Robert das ausgiebige Hotelfrühstück. Er hatte in den nächsten Tagen viel zu tun. Monatskarte für Bus und Bahn in Berlin kaufen, Konto in Berlin eröffnen, Wohnungsübernahme, Wohnsitz anmelden, erste Möbel besorgen und vieles mehr.

Das Erste was er erledigte, war die Monatskarte für Berlin. Für den Juni zahlte er 81 Euro für den Tarifbereich A und B. Robert fuhr zur Wohnungsgenossenschaft, wo er um zehn Uhr den Termin für die Unterzeichnung des Mietvertrages hatte.

Als er die Büros der Genossenschaft betrat, war er ein wenig nervös. Es ging um seine erste eigene Wohnung. Die Genossenschaftsanteile hatte er bereits im Vorfeld bezahlt um eine Wohnung erhalten zu können. Als er nach seiner Kontoverbindung gefragt wurde, um seine Miete abbuchen zu können, erklärte Robert, dass er noch kein Konto in Berlin hat, die neue

Kontonummer aber im Laufe der Woche nachreichen werde. Da seine Schufaauskunft in Ordnung war, verzichtete die Genossenschaft vorerst auf die Einzugsermächtigung, machte aber zur Auflage, dass diese bis zum 15. Juni vorliegen muss. Robert fuhr mit einem Mitarbeiter der Genossenschaft zur Wohnung. Als er seine Wohnung zum ersten Mal betrat, erfüllte ihn ein Gefühl der Freude. Er fühlte sich endlich unabhängig vom Elternhaus, endlich eine eigene Wohnung.

„Willkommen in Marzahn, Herr Brinker. Ich wünsche Ihnen viel Spaß mit ihrer ersten Wohnung. Ich bin mir sicher, sie werden sich hier sehr wohlfühlen.", sagte der Mitarbeiter der Genossenschaft.

Auf einmal war aus der Nachbarwohnung laute Musik zu hören.

„Ist es hier immer so laut?", fragte Robert.

„Nein, aber sie wohnen in der Platte. Da sind die Wände etwas dünner, dafür ist das Wohnen auch günstiger.", sagte der Mitarbeiter.

Auf einmal kamen Robert Zweifel an der Wohnung. Als der Mitarbeiter ihn fragte, ob alles in Ordnung sei, sagte er ja und beide fuhren zurück zur Zentrale der

Genossenschaft um weitere Formalitäten zu erledigen. Robert bekam eine Vermieterbescheinigung zur Anmeldung des Wohnsitzes beim Einwohnermeldeamt, sowie die Schlüssel zur Wohnung.

Es war inzwischen kurz nach zwölf. Robert fuhr in die Mall of Berlin am Potsdamer Platz. Dort sollte es einen großen Gastronomiebereich mit einem reichhaltigen Angebot an Essmöglichkeiten geben. Ein Freund, der ihm davon berichtete, hatte nicht zu viel versprochen. Nachdem er den Essbereich im zweiten Obergeschoss einmal umrundet hatte, entschied er sich für ein Schnitzel mit Pommes.

Danach fuhr Robert wieder zurück zu seiner neuen Wohnung. Inzwischen war auch Ruhe in der Nachbarwohnung eingekehrt. Für die nächste Nacht hatte er noch sein Hotelzimmer am Alex zur Verfügung. Danach wurde diese Wohnung sein Domizil. Robert beschloss ein Konto bei einer Bank- oder Sparkassenfiliale in der Nähe zu eröffnen und dann zum zuständigen Bezirksamt zu gehen, um sich anzumelden. Montags hatten die Ämter bestimmt länger geöffnet. Als er die Kontopreise der Banken verglich, musste er immer bedenken, dass er noch kein regelmäßiges Einkommen hatte. Er hatte sich nach der Kündigung seiner Arbeit nicht bei der Arbeitsagentur gemeldet, um problemlos sein Leben neu beginnen zu können, ohne Stress vom Amt. Geld hatte er dafür genug. Robert hatte sich bei seiner Krankenkasse freiwillig versichert und nahm eine beitragslose Zeit bei der gesetzlichen Rente in Kauf. Er wollte Zeit haben, sich in Berlin einzuleben und dann einen Job zu suchen. Er war Bürokaufmann, da wird sich schon in Berlin etwas finden lassen.

Robert wollte ein Konto bei der Sparkasse an der Mehrower Allee mit einem monatlichen Pauschalpreis von 7 Euro eröffnen. Er ging zum Serviceschalter, wo eine Mitarbeiterin schon auf ihn wartete und ihn begrüßte.

„Guten Tag, wie kann ich ihnen helfen?", fragte sie.

„Ich würde gerne ein Girokonto eröffnen.", sagte er.

„Dann benötige ich einmal ihren Ausweis.", sagte sie.

„Hier, da steht allerdings noch meine alte Adresse drauf.", sagte er.

„Haben Sie eine Vermieterbescheinigung dabei? Dann kann ich die neue Adresse bereits eintragen.", sagte sie.

Robert reichte ihr die Bescheinigung über den Tresen.

„Soll das alte Konto eingezogen werden?", fragte sie.

„Gerne, hier ist meine Kontokarte meiner bisherigen Bank.", sagte er.

„Ich kopiere mir einmal alles, um die Kontoeröffnung vorbereiten zu können. Für die Eröffnung vereinbaren wir gleich einen Termin.", sagte sie und ging mit den Unterlagen in ein benachbartes Büro.

Robert wunderte sich. Er kannte es von früher, dass die Konten direkt eröffnet wurden. In der Hauptstadt schien dies anders zu sein. Schnell kam die Mitarbeiterin zurück.

„Ich sehe, sie haben keine Verdienstbescheinigungen dabei. Die benötigen wir für die Einräumung eines Dispositionskredites und die Bestellung von Kreditkarten.", sagte sie.

„Ich habe derzeit keine Arbeit und gehe erst in ein paar Wochen auf Suche, wenn ich mich eingelebt habe.", sagte er.

„Das hat das Amt akzeptiert? Oder sind sie nicht beim Arbeitsamt gemeldet?", fragte sie.

„Ich lebe im Moment von meinem eigenen Geld. Das verschafft mir mehr Freiheiten.", sagte er.

„Na, sie müssen ja Kohle haben.", sagte sie.

Robert äußerte sich nicht dazu.

„Können sie am Mittwochvormittag vorbeikommen?", fragte sie.

„Selbstverständlich. Vielleicht habe ich dann auch schon einen Ausweis mit der neuen Adresse.", sagte er.

„Wenn sie das schaffen, sind sie ein Zauberer.", verabschiedete sie ihn.

Robert musste über diese Bemerkung immer wieder nachdenken und er befürchtete nichts Gutes. Er ging zur Tramhaltestelle Max-Hermann-Straße und fuhr mit der Linie 16 zur Marzahner Promenade, wo sich das Bürgeramt befand. Als Robert dort ankam, fand er ein verschlossenes Amt vor. In Berlin gingen die Uhren wohl anders. Er beschloss am nächsten Morgen um zehn Uhr dort zu sein, wenn das Bürgeramt öffnet.

Da sich Robert in den nächsten Tagen und Wochen auch um die Ausstattung seiner Wohnung kümmern musste, fuhr er mit der S-Bahn von Marzahn zu einem

Möbeldiscounter am S-Bahnhof Poelchaustraße. Nach einigem Suchen und Begutachten von Möbeln, kaufte er erst einmal ein Luftkissenbett für die ersten Nächte. Einen Radiowecker bekam er in einem benachbarten Technikmarkt. Robert brachte alles in seine neue Bleibe. Dann besorgte er noch einige Getränke in einem naheliegenden Lebensmittel-Discounter in der Liebensteiner Straße und fuhr in sein Hotel am Alexanderplatz. Nach einem ausgiebigen Abendessen in einem Fast Food-Restaurant, ging Robert früh schlafen.

Als er am nächsten aufwachte, war es erst sechs Uhr. Robert schaltete das Frühstücksfernsehen ein und quälte sich aus dem Bett. Ein letztes Mal Hotelzimmer-bequemlichkeit. Ab Morgen musste er selbst für sein Frühstück sorgen. Nachdem er seine Koffer gepackt hatte, griff er noch einmal hemmungslos beim Frühstück zu.

Danach checkte er aus und fuhr in seine neue Wohnung. Als er dort ankam, war es ruhig. Keine laute Musik, keine Streitgespräche, einfach nur Ruhe. Robert packte seine wichtigen Unterlagen in eine Jutetasche und fuhr zum Bürgeramt an der Marzahner Promenade.

Es schien, als hätten heute Morgen viele Berliner den gleichen Einfall gehabt. Obwohl es erst fünf nach zehn war, hatte sich bereits eine lange Schlange gebildet. Nach einer gefühlten Ewigkeit war er an der Reihe.

„Guten Morgen, mein Name ist Robert Brinker. Ich wollte meine neue Wohnung anmelden.", sagte er.

„So einfach ist das hier nicht. Haben sie einen Termin?", herrschte eine Mitarbeiterin ihn an.

„Dafür braucht man einen Termin? Da wo ich herkomme, wird das sofort erledigt.", sagte er.

„In ihrem Dorf vielleicht. Aber sie sind hier in einer richtigen Stadt. Der nächste freie Termin ist in fünf Wochen. In der ersten Juliwoche.", sagte sie.

Robert fiel aus allen Wolken.

„In fünf Wochen? Muss man seiner Meldepflicht nicht innerhalb von zwei Wochen nachkommen?", fragte er.

„Sie sind wohl ein ganz Schlauer. Mit dem Termin sind sie ihrer Pflicht fristgemäß nachgekommen. Hier ist ihre Terminbestätigung. Ich wünsche ihnen einen schönen Tag.", sagte sie.

Kopfschüttelnd verließ Robert das Bürgeramt. Als er nach Hause kam, quoll sein Briefkasten über vor Zeitungen und Werbung. Mit Freude leerte er den

Briefkasten, da er dadurch viele Adressen und Prospekte von Möbelhäusern, Elektronikmärkten und anderen Geschäften bekam. Vieles war bereits vom Wochenende oder letzter Woche. Mittendrin war ein handgeschriebener Zettel auf dem stand: „Herzlich willkommen. Dies können sie sicher gut gebrauchen. Ihre Hausnachbarn." Robert war platt. Wer diese Aktion wohl gestartet hatte, fragte er sich. Um nicht dauernd stehen zu müssen, packte er sein Luftkissenbett aus und blies es auf. Er schaltete seinen Radiowecker ein und suchte einen Berliner Sender. Robert entschied sich für Berlin 88.8 und arbeitete sich durch die Werbepost. Liegend war dies eher mühsam. Außerdem brauchte er schnellstens einen Tisch und einen Stuhl. Er durchsuchte die Werbung nach einer Adresse eines nahe gelegenen Möbelhauses und fuhr dorthin.

Robert wandelte durch die riesigen Hallen voller Möbel. Er sah auch einige interessante Schränke, Regale und Sofas. Um diese Dinge wollte er sich aber später kümmern. Erstmal einen Tisch und einen Stuhl. Außerdem Handtücher für das Bad, einen Diener für die Garderobe und einen Deckenfluter für Licht. Als er eingekauft hatte, wollte er sich alles nachhause liefern lassen. Der Geschäftsführer wollte ihm einen Termin geben. Robert wollte eine sofortige Lieferung.

„Tut mir Leid. Wir liefern nicht direkt. Wir müssen einen Termin machen.", sagte die Verkäuferin.

„Ich brauche die Sachen noch heute Abend.", sagte Robert.

„Ausgeschlossen. Wir haben im Moment auch keine Lieferkapazitäten frei. Ich kann ihnen den Donnerstag anbieten. Zwischen 9 und 18 Uhr muss jemand bei ihnen vor Ort sein.", sagte sie.

„So lange kann ich nicht warten. Haben sie die Sachen denn im Lager?", fragte er.

„Selbstverständlich. Das habe ich bereits geprüft.", sagte sie.

„Gibt es denn gar keine Möglichkeiten? Ich zahle auch extra.", sagte er.

Da schaltete sich ein Lieferdisponent ein, der gerade vorbei kam. Ein Kunde hatte den Liefertermin abgesagt. Der Termin heute Nachmittag wäre noch frei. In zwei Stunden würde man anliefern.

Robert schlug sofort ein und der Verkäuferin blieb nur noch übrig, die Vereinbarung zu akzeptieren. Er merkte, dass der Verkäuferin das nicht schmeckte, aber er hatte sein Ziel erreicht.

Er beeilte sich, zu seiner Wohnung zu kommen, damit er da war, falls die Anlieferung etwas früher kommt. Kaum war er daheim, klingelte es, und der Anlieferwagen stand vor der Tür. Überraschenderweise war auch der Disponent mit dabei. Robert bedankte sich bei der Truppe mit einem ordentlichen Trinkgeld.
Nach diesem Tag, wollte er sich zur Feier des Tages noch etwas gönnen. Robert fuhr mit der Tram zum Eastgate-Einkaufszentrum am Bahnhof Marzahn. Dort kaufte er in einem Lebensmittelmarkt ein und besorgte sich beim Bäcker zwei Teilchen eins für den Abend und eins für das morgige Frühstück. Im Buchladen kaufte er den Klassiker „Sorge Dich nicht. Lebe!" von Dale Carnegie und ein Buch mit Haushaltstipps von der WDR-Serviceexpertin Yvonne Willicks.

Wieder daheim, ließ er sich sein Abendessen schmecken und plante den nächsten Tag. Er prüfte die weitere Werbung und schrieb auf, was er alles an Möbeln und Geräten brauchte. Robert nahm in jedem Zimmer mit einem DIN A4-Blatt Maß, welche Längen und Breiten ihm zur Verfügung standen. Nach den Radionachrichten um 22 Uhr legte er sich schlafen.

Am nächsten Morgen wurde er unsanft vom Wecker eines Nachbarn geweckt. Es war sechs Uhr. Sein Radiowecker war auf sieben Uhr eingestellt. Nach der ersten Morgendusche in seiner Wohnung verschlang Robert sein Teilchen und bereitete alles für die Kontoeröffnung vor. Fröhlich ging er Richtung Sparkasse. Auf einmal sah er jede Menge Polizei und einen Krankenwagen. Heute Morgen war im Radio von einem Banküberfall die Rede, aber er hatte nur halbherzig hingehört. Es war seine Filiale der Sparkasse, wo das Konto eröffnet werden sollte, die überfallen worden war. Die Filiale wurde für den Rest der Woche geschlossen, da die Täter auch Einiges im Innenraum beschädigt und zerstört hatten. Außerdem waren die Mitarbeiter in den nächsten Tagen nicht imstande zu arbeiten.

Ersatzweise fuhr Robert zum Privatkundencenter der Sparkasse im Eastgate-Einkaufszentrum. Vielleicht konnte er dort sein Konto eröffnen. Als er sein Anliegen vortrug, schlug man ihm einen Termin am Freitag vor, da die Kontoeröffnung vorbereitet werden muss. Robert schluckte seinen Ärger herunter und vereinbarte einen Termin für Freitag. Wenn ein Tag schon so beginnt, dachte er, sollte man sich ablenken. Möbel ansehen und kaufen konnte er auch noch morgen. Das Wetter sollte heute gut sein. Ein perfekter Tag, um Berlin zu erkunden. Robert besuchte das Spionagemuseum, das Magicum und verschiedene Ausstellungen und Gedenkstätten zur deutschen Teilung. Am Abend rief er seinen Vater an.

„Brinker. Ach Robert, du bist es. Wie geht es dir?", fragte sein Vater.

„Ganz gut. Das Einzige, was mich nervt, ist, dass man fast für jeden kleinen Mist einen Termin braucht. Für die Anmeldung meiner Wohnung hab ich einen Termin in fünf Wochen.", sagte Robert.

„Ist halt etwas größer als hier bei uns. Soll ich dir deine Klamotten schicken, damit du sie in den Schrank hängen kannst?", fragte sein Vater.

„Nein, bloß nicht. Ich habe noch keinen Schrank. Die einzigen Möbel, die ich habe, sind ein Luftkissenbett, ein Stuhl und ein Tisch. Alles andere kommt nach und nach. Ich sage dir Bescheid, wenn du meine Sachen schicken kannst.", sagte Robert.

„Ist gut. Dann melde dich nochmal am Montag bei mir. Ich muss jetzt zum Tennis.", sagte sein Vater.

Beide verabschiedeten sich voneinander und legten auf. An diesem Abend schlief Robert sehr schnell ein, sein Inneres rechnete wohl schon mit dem Wecker des Nachbarn um sechs Uhr.

Robert wurde von seinem Radiowecker um kurz vor sieben Uhr geweckt. Der Nachbar hatte wohl den Wecker nicht gestellt, oder er hatte ihn überhört. Heute war für ihn der Tag der Möbelhäuser gekommen. Er hatte schon eine Vorstellung davon, wie er den Wohnschlafraum gestalten wollte. Ein Schlafsofa zwischen den beiden Türen, die in die Küche und in den Flur führten. Davor ein kleiner Couchtisch. An der, gegenüber liegenden, langen Wand kam in die Fensterecke der Tisch mit Stuhl, gefolgt von einem Regal für Bücher und Ordner. Links daneben ein Medientisch mit Fernseher, DVD-Player und Radio, gefolgt von einem kleinen Computertisch. An der kurzen, dem Fenster gegenüber liegenden, Wand wollte Robert einen dreitürigen Kleiderschrank stellen. In der Küche wollte er eine Pantryküche mit zwei Kochfeldern und einer Spüle, ein paar Hängeschränken, einer Arbeitsfläche, einem Kühlschrank mit Drei-Sterne-Gefrierfach und einen Waschtrockner haben, damit er nicht seine ganze Wäsche nach dem Waschen aufhängen musste. Im Flur kam eine Garderobe an die Wand und dazu ein Sideboard für Schuhe und Sonstiges.

Mit einer Menge Enthusiasmus fuhr Robert in das Möbelhaus, wo er seinen Tisch und seinen Stuhl gekauft hatte. Als er dort ankam, war seine Enttäuschung groß. Das Haus war geschlossen, mit Hinweis auf eine Betriebsversammlung. Kann eigentlich mal irgendetwas sofort klappen, dachte er. Frustriert fuhr er in ein anderes, ähnlich großes Möbelgeschäft. Das Schlafsofa war besonders kostspielig, da es für Dauerschläfer geeignet sein musste.

Robert notierte sich einige Produktnamen, Eigenschaften und Preise. Er wollte erstmal alles mit den Angeboten in dem heute geschlossenen Möbelhaus vergleichen. Danach suchte er den örtlichen Kabelnetzbetreiber auf, um sich dort über Tarife für Fernsehen, Internet und Telefon zu informieren. Außerdem schaute sich Robert schon einmal aktuelle Angebote für seine technische Erstausstattung an. Er fuhr kreuz und quer durch Berlin, um Preise zu vergleichen. Am Abend besuchte er die größte Buchhandlung in Berlin, das Kulturkaufhaus Dussmann. Begeistert von der Auswahl vergaß er die Zeit und fuhr erst bei Geschäftsschluss zurück nach Marzahn.

Am nächsten Morgen suchte Robert ein paar Unterlagen zusammen, die er am Mittwoch vergessen hatte, und fuhr zu seinem Termin für die Kontoeröffnung bei der Sparkasse. Ein Mitarbeiter empfing ihn und sie setzten sich in ein Beratungsbüro.

„Herr Brinker, meine Kollegin sagte, sie möchten bei uns ein Girokonto eröffnen. Sie gab mir auch einige Unterlagenkopien. Aber da fehlt noch etwas.", sagte der Mitarbeiter.

„Was fehlt ihnen denn?", fragte Robert.

„Ihre Gehaltsbescheinigungen für den Dispositions-kredit und ihre Anschrift in Berlin.", sagte der Mitarbeiter.

„Ich beziehe derzeit kein Gehalt. Ich lebe im Moment von meinem Geld. Die Wohnungsanmeldung dauert noch, ich habe in fünf Wochen einen Termin beim Bürgeramt. Ich habe ihnen ersatzweise meinen Mietvertrag und meiner Vermieterbescheinigung mitgebracht.", sagte er.

„Gut, die Vermieterbescheinigung reicht vorerst. Da sie kein regelmäßiges Einkommen haben, kann ich ihnen keinen Dispositionskredit geben. Sie bekommen auch nur eine normale Kontokarte und keine Kreditkarte.

Wenn sie ein geregeltes Einkommen haben können wir aber auch darüber sprechen.", sagte der Mitarbeiter.

Robert eröffnete das Konto und bedankte sich. Den Einzug des alten Kontos wollte er erst in drei Monaten in Auftrag geben, wenn alle Zahlungen umgestellt sind.

Anschließend fuhr Robert zu seiner Wohnungsgenossenschaft und teilte die neue Kontoverbindung mit. Da noch kein Geld übertragen war, einigte man sich auf einen Einzug der Miete mit der Mietzahlung des nächsten Monats.

Robert verglich die Preise und Angebote des heute wieder geöffneten Möbelhauses, mit denen des anderen großen Möbelgeschäftes. Danach fuhr er nach Marzahn um eine Nacht darüber zu schlafen. So fing Roberts Geschichte in Marzahn an. Wie es weitergeht, ist eine andere Geschichte.

3. Der geprügelte Hund

Da saß Ben im Bus. Er sollte ihn aus der Großstadt, durch die Außenbezirke fahrend, in die Idylle der Kleinstadt zurückführen. Ein Ehepaar mit einem bellenden Hund stieg ein und setzte sich ihm gegenüber. Er saß auf der Quersitzreihe im hinteren Teil des Busses, so dass genügend Abstand zwischen ihm und dem heruntergekommen aussehenden Pärchen mit ihrer ungezogenen Töle bestand. Es boten sich dem Betrachter Szenen, die aus einem schlechten Film kommen könnten. Der Mann hatte mehrere Tätowierungen am Körper und sah aus wie eine schlechte Mischung aus Jürgen Vogel und Til Schweiger. Seine Partnerin konnte man als nuttig aussehend bezeichnen.

Der Hund, war eine glatthaarige Mischung aus mehreren Rassen, etwa 60 cm lang und 40 cm hoch. Er sprang auf den Schoß der Frau und stellte sich aufrecht, die Vorderläufe auf die Schultern des Frauchens gelegt. Das missfiel ihr und sie stieß das Tier hinunter. Der Hund bellte sie an. Daraufhin schlug sie das Tier mit der flachen Hand, fluchte und befahl ihm „Sitz!". Ben dachte sich seinen Teil. Der Mann des „Traumpaars" schien angetrunken zu sein. Seine Aussprache war leicht lallend. Der Hund sprang nochmals auf den Schoß der Frau. Sie stieß ihn erneut herunter und schlug ihn. Ben wartete darauf, dass der Hund zubeißt.

An der nächsten Haltestelle stiegen die beiden aus, im schlechtesten Viertel der Kleinstadt. Da der Bus eine

Zeit anhielt, weil mehrere Fahrgäste Bartickets kauften, konnte er das Pärchen und den Hund weiterhin beobachten. Da geschah Unglaubliches! Der Hund stellte seine Vorderläufe auf die Knie der Frau. Sie schlug zu und der Hund ließ seiner Rache freien Lauf. In einem kräftigen Strahl ergoss sich in scheinbarer Ewigkeit eine Ladung Hundeurin auf die Schuhe der Besitzerin. Diese war so perplex, dass sie regungslos blieb. Alle, die die Szene vom Bus aus beobachteten, brachen in schallendes Gelächter aus. Manchmal folgt die Strafe erst später, aber trotzdem auf dem Fuße.

4. Ein ganz besonderes Los

Es war ein heißer, schwüler Sommertag. Solche Tage waren für Tom ein Graus. Er vertrug die drückende Hitze nicht und hielt sich bei diesem Wetter regelmäßig im Schatten auf. Sein Büro war von allen Seiten mit Fenstern bestückt. Die Sonne ließ die Temperatur im Büro den ganzen Tag ansteigen. Gerne würde Tom in Unterwäsche am Schreibtisch sitzen. Leider saß er nicht allein im Büro und es kamen oftmals Kolleginnen herein um sich mit ihm und seinen Leidensgenossen auszutauschen. Sämtliche Versuche die stickige, warme

Atmosphäre angenehmer zu gestalten waren zum Scheitern verurteilt. Auch ein Ventilator schaffte keine Abhilfe. In der Mittagspause ging Tom in die Bäckerei, um sich etwas zum Mittagessen zu kaufen. An jenem Tag gab es dort eine Aktion: Für jeden Umsatz über zwei Euro bekam man pro ein Euro Einkaufswert ein Los für eine Tombola. Der Hauptpreis war ein Bäckereigutschein über Einhundert Euro.

Tom kaufte zwei Teilchen, eins für ihn und eins für seinen Tischkollegen. Da er drei Euro bezahlte, bekam er drei Lose von der Verkäuferin. Die Frau neben ihm bekam für ihren Einkauf fünf Lose. Sie hatte sein Alter, schätzte Tom. Der Frau fiel Geld aus der Hand und klimpernd auf den Boden. Tom beugte sich sofort nach unten, um der Dame, wie ein Gentleman, das Geld aufzuheben. Sie hatte genau die gleiche Idee und Tom und die Frau stießen mit den Köpfen zusammen. Durch den Schreck fielen beiden die Lose aus der Hand, und lagen auf dem Boden. Er entschuldigte sich bei ihr und bot ihr einen Kaffee zur Wiedergutmachung an. Sie nahm die Entschuldigung und die Einladung an. Die Beiden setzten sich an den Ecktisch. Tom hatte alle acht Lose in der Hand und stellte sich kurz vor. Die Dame stellte sich ebenfalls vor. Sie hieß Doreen und glich einer Miss Germany. Während Tom und Doreen ihren Kaffee tranken, rätselten sie, wem die jeweiligen Lose gehörten, denn es ging um viel Geld. Er überließ ihr die Wahl, welche Lose ihr gehörten. Da das Gewinnlos am nächsten Tag um zwölf Uhr gezogen wurde, verabredeten sich Tom und Doreen für den nächsten Tag um kurz vor zwölf in der Bäckerei. Tom erzählte allen Kolleginnen und Kollegen von der Begegnung. Sie drückten ihm die Daumen für die Verlosung, doch er bekam ein schlechtes Gewissen. Was ist, wenn Doreen ursprünglich das Gewinnlos hatte und jetzt er? Doreen plagte der gleiche Gedanke. Am nächsten Tag trafen sich beide am verabredeten Ort.

Doreen übernahm die Initiative. Sie eröffnete Tom, dass sie die Nacht kaum geschlafen hatte, wegen der Gedanken, die sich Tom ebenfalls machte. Tom gestand Doreen, dass er ebenfalls schlecht geschlafen hatte. Sie vereinbarten, dass sie sich den Gewinn teilen würden, wenn einer von ihnen das Gewinnlos besitzt. Die Verkäuferin zog die Gewinnnummer. Weder Doreen, noch Tom besaß das Los. Beide tranken einen Kaffee zusammen und tauschten ihre Telefonnummern aus. Tom erfuhr, dass Doreen ebenfalls Single war.

Als Tom von der Arbeit nach Hause kam, wollte er sie direkt anrufen. Da klingelte das Telefon. Nachdem er sich gemeldet hatte, stellte sich heraus, dass er sich den

Anruf sparen konnte. Doreen war am anderen Ende der Leitung. Sie unterhielten sich über Gott und die Welt. Dabei merkten sie nicht, wie die Zeit verging. Nach über zwei Stunden verabschiedeten sie sich und vereinbarten einen nächsten Anruf in zwei Tagen.

In den nächsten Wochen telefonierten Tom und Doreen viel miteinander und trafen sich mehrfach. Drei Monate später wurde Doreen kurzfristig von ihrem Arbeitgeber in das Büro nach New York versetzt. Das bedeutete eine Distanz von mehreren tausend Kilometern zwischen ihnen. Tom und Doreen blieben in Kontakt, damit sie sich im Urlaub wiedersehen können.

5. Ein verrückter Montag

Der Radiowecker sprang zuverlässig um 5:54 Uhr an. Der Moderator von WDR 2 kündigte ein Lied an, das zu diesem Montag passen könnte. Es ertönte „I don't like mondays" von den Boomtown Rats. Alex kam zu sich und wachte aus seinem bleiernen Dämmerschlaf auf. Hoffentlich wird das ein schöner Wochenbeginn, dachte er. Das Wochenende war verregnet und er hatte es sich an beiden Tagen vor dem Fernseher gemütlich gemacht. Wirre Gedanken gingen ihm durch den Kopf. Nach jahrelanger Tätigkeit in der Auftragsabteilung war seine Motivation für die Arbeit auf den Nullpunkt gesunken. Ein Aufstieg innerhalb der Firma lag in weiter Ferne. Es wurden ihm Leute, die vor kurzem ihr Studium abgeschlossen hatten, bei jeglichen Stellenausschreibungen vorgezogen. Dabei war er erst Mitte dreißig und hatte langjährige Berufserfahrung auf seinem Gebiet.

Er wollte, wie jeden Morgen, direkt nach den Nachrichten aufstehen. Die Nachrichten begannen und die ersten beiden Meldungen handelten von ausländischen Konflikten. Alex träumte vor sich hin, als die dritte Meldung des Tages ihn in seinen Bann schlug. Eine Metallfirma in Düsseldorf war in der Nacht bis auf die Grundmauern niedergebrannt. Sämtliche Gebäude wurden zerstört, sowohl das Lager, als auch die Verwaltung. Alex erschrak. Er arbeitete in einer Metallfirma in Düsseldorf. Es gab deren viele. Er sprang aus dem Bett um den Fernseher einzuschalten und das Morgenmagazin zu sehen. Gerade kam der Wetterbericht. Es sollte ein bisschen schöner werden und nicht mehr regnen. Der Beitrag, der danach anmoderiert wurde, handelte von dem Feuer in der Nacht. Es war seine Firma! Das Unternehmen, in dem er missmutig arbeitete, war ein Raub der Flammen geworden.

Sein Handy klingelte. Peter, ein Kollege von Alex aus der Exportabteilung war dran und schien zu weinen. Peter hatte eine Frau und zwei Kinder. Er war Alleinverdiener, und sein Gehalt war mehr als ausreichend um die Familie gut zu versorgen. Sie beschlossen, schnellstens zur Firma zu fahren. Ihr Chef sprach im Fernsehen vom Ende des Unternehmens. Peter holte ihn mit dem Auto ab. Während sie gemeinsam zu den Ruinen ihrer Arbeit fuhren, konnte Alex die Angst von Peter spüren. Die Zukunft war ungewiss. Peter bangte um seine Existenz und die seiner Familie. Alex war ein eingefleischter Junggeselle ohne Beziehung. Für Ihn hatte es scheinbar etwas schicksalhaft Gutes. Er wäre raus aus dem Unternehmen, das ihm nicht mehr gefiel, falls man allen Mitarbeitern kündigen würde. Er bekäme keinen Stress bei der Arbeitsagentur wegen des Kündigungsgrundes und einer Sperrzeit. Alex kam mit wenig Geld aus und legte jeden Monat mehrere Hundert Euro auf die Seite.

Die Fahrt zur ehemaligen Arbeitsstätte schien eine Ewigkeit zu dauern, obwohl die Straßen frei waren und die Beiden den schnellsten Weg nahmen. Als ankamen, bot sich ihnen ein Anblick der Verwüstung. Viele

64

Kollegen aus den unterschiedlichen Abteilungen waren bereits vor Ort. Einige Männer hatten sich noch nicht einmal rasiert und sahen aus, als wären sie soeben aus dem Bett gestiegen. Manche Frauen weinten und eine langjährige Kollegin fing an zu schreien, als sie das Elend sah. Der stellvertretende Betriebsratsvorsitzende verteilte Handzettel, die er zuhause auf seinem Drucker erstellt hatte. Er sah aus, als hätte er nur zwei oder drei Stunden geschlafen. Alex las gemeinsam mit Peter den Zettel. Darauf stand, dass sich die Belegschaft in der Gastwirtschaft am Ende der Straße einfinden sollte. Um neun Uhr wollte der Firmeninhaber zur Belegschaft sprechen.

Als Alex und Peter die Gaststätte betraten, die normalerweise erst um elf Uhr öffnete, sahen sie, dass der Versammlungssaal hergerichtet und mit Stühlen bestückt wurde. Der Wirt und seine Frau boten den Kollegen heiße und kalte Getränke an, gratis natürlich. Christine aus der Buchhaltung bestellte sich direkt einen doppelten Schnaps. Sie wusste, wie es um das Vermögen der Firma stand. Ihr Abteilungsleiter, wie alle anderen Abteilungsleiter, Prokuristen, Betriebsräte und Mitglieder der Unternehmensleitung waren zu einer Krisensitzung im oberen Konferenzzimmer der Gaststätte zusammengekommen. Um kurz vor neun Uhr bat der

Gastwirt die Arbeiter und Angestellten in den Saal. Danach betrat die Firmenleitung den Raum.

Der Firmenchef war kreidebleich und man sah dem gesamten Gremium, was soeben getagt hatte, die Hoffnungslosigkeit an. Sie war ihnen ins Gesicht geschrieben. Es war still geworden. Mitarbeiter, die soeben miteinander geredet hatten, schwiegen. Die Atmosphäre im Raum war gespenstisch. Der Firmenchef ergriff das Wort. Er sprach von einer Katastrophe ungeheuren Ausmaßes. Nach etwa zwei Minuten fielen die entscheidenden Sätze.

„Das Unternehmen ist nicht ausreichend gegen Feuer versichert. Ich hatte die Versicherungssumme heruntergesetzt um Geld einzusparen. Die Deckung und die Reserven des Unternehmens reichen nicht für einen Neuanfang. Die Unternehmensleitung hat sich entschlossen, heute Insolvenz anzumelden und das Unternehmen abzuwickeln. Sie sind alle mit sofortiger Wirkung von der Arbeit freigestellt und bekommen gleich ihre Kündigung an die Hand. Es tut mir leid, dass ich im Moment nicht mehr für sie tun kann. Wir haben die Agentur für Arbeit bereits informiert. Am Mittwochnachmittag wird sich eine Sondergruppe der Arbeitsagentur um sie kümmern und sie über die weiteren Schritte informieren. Der Termin bei der

Agentur für Arbeit an der Grafenberger Allee in Düsseldorf ist um 14 Uhr. Dieser Termin gilt auch für diejenigen, die nicht in Düsseldorf wohnen und sich eigentlich bei einer anderen Arbeitsagentur melden müssen. Die Mitarbeiter unseres Unternehmens werden von einer Spezialabteilung zentral in Düsseldorf betreut. Alles Weitere wird Ihnen schriftlich mitgeteilt. Ich weiß, dass es sie vielleicht nicht trösten kann, aber mein gesamtes Geld steckte in diesem Unternehmen und ich habe für Alles mit meinem Privatvermögen gebürgt. Ich stehe genauso vor dem Nichts wie sie. Vielleicht muss ich in den nächsten Tagen Privatinsolvenz anmelden. Es ist auch für mich ein schwerer Moment. Ich danke Ihnen für Ihre Aufmerksamkeit.", sagte der Firmenchef. Der Saal leerte sich und genauso leer waren die Gesichter vieler Mitarbeiter. Einige von ihnen tranken noch ein wenig. Peter brachte Alex nach Hause. Als Alex sich im Wohnzimmer hinsetzte, dachte er über seine Zukunft nach. Er hatte ein wenig Geld in der Tasche und der Tag war noch jung, denn es war gerade mal 10 Uhr. Er überlegte, wie er sich ablenken könnte, denn Trübsal blasen wollte er jetzt nicht. Dann kam ihm eine Idee. Er zog sich an und ging zum S-Bahnhof um sich eine Tageskarte für den Nahverkehr im kompletten Verkehrsverbund Rhein-Ruhr zu holen und dann einfach loszufahren. Wo sollte er hin? Auf jeden Fall spare ich Düsseldorf aus meinen Überlegungen aus, dachte Alex, denn dort würde er unweigerlich mit dem Feuer in seiner Firma erinnert. Über dieses Ereignis sprach die gesamte Landeshauptstadt. Jeder kannte irgendeinen Betroffenen und so wurde man an jeder Straßenecke mit dem Thema konfrontiert. Schließlich entschied sich Alex für eine Fahrt nach Oberhausen.

Am Düsseldorfer Hauptbahnhof angekommen, musste er in Richtung Ruhrgebiet umsteigen. Da er noch Zeit hatte, bis der Regionalexpress nach Oberhausen fuhr, schaute er sich im Bahnhof um. Wenn man Ruhe hat und die Menschen beobachten kann entdeckt man Ereignisse, die einem in der Hektik des Alltags nie auffallen würden. In einem Schnellrestaurant fiel einem Mädchen ein Hamburger runter und ein anderer Junge aus der Gruppe trat drauf. Leute beschwerten sich über einen Schienenersatzverkehr, der schon seit mehreren Wochen angekündigt war und seit vielen Tagen in allen Medien behandelt wurde. Plötzlich tauchten mehrere Zeitungsverkäufer auf. Die lokale Tageszeitung hatte ein Extrablatt zum Firmenbrand in Düsseldorf herausgegeben. Glücklicherweise rückte der Abfahrtzeitpunkt seines Zuges immer näher, und Alex ging auf den Bahnsteig.

Der Regionalexpress war pünktlich. Er suchte sich einen Wagen, der gut besetzt war und nahm in einer Vierer-Sitzgruppe Platz. Als er bei der Abfahrt des Zuges merkte, dass er entgegen der Fahrtrichtung saß, setzte er sich auf den gegenüberliegenden Sitz. Sein Magen vertrug das Rückwärtsfahren nicht. Alex schaute sich um und beobachtete die anderen Reisenden. Weiter vorne im Waggon strickte eine ältere Frau an einem Kleidungsstück. Die hat die Ruhe weg, dachte Alex. Schräg gegenüber saß eine Frau, Anfang Zwanzig, schätzte er. Ihre Wangen glichen Apfelbäckchen. Sie sah in ein Buch und hatte Ihre Stöpsel im Ohr, um Musik zu hören. Bald schon hatte er Düsseldorf-Flughafen und Duisburg Hauptbahnhof passiert. Alex stand auf und ging zur Tür. Die junge Frau stand hinter ihm und lächelte ihn an, als er sich zu ihr wandte. Alex lächelte zurück und half ihr, ihren schweren Koffer aus dem Zug zu hieven. Sie dankte ihm, lächelte wie ein Engel und verschwand Richtung Fahrstuhl.

Als Alex durch den Gang lief, fragte er sich, warum er sie nicht angesprochen und auf einen Kaffee eingeladen hatte. Wie immer war er zu schüchtern gewesen, wenn es um das Gespräch oder einen Flirt mit dem weiblichen Geschlecht ging. Weit kann sie nicht gekommen sein, dachte er. Alex machte sich auf die Suche. Er sah sie beim Zeitschriftenhändler stehen. Alex nahm seinen Mut zusammen und ging zu ihr. Er tippte ihr auf die Schulter. Sie drehte sich um und fragte, was er wollte. Alex konterte mit einer Einladung auf ein Getränk. Die Frau reagierte kühl und abweisend. Alex war enttäuscht. Sekunden später hörte er: „Laß meine Frau in Ruhe, du Arschloch!". Er drehte sich um und spürte einen harten Schlag auf seinen Kopf. Es wurde ihm schwarz vor Augen.

Als Alex zu sich kam, befand er sich in einem Krankenhaus. Ihm dröhnte der Kopf und es war ihm kotzübel. Er klingelte nach der Schwester. Diese holte sofort einen zuständigen Arzt. Er hatte eine leichte Gehirnerschütterung und ein paar blaue Flecken davongetragen. Aufgrund seines Zustandes musste er eine Nacht in der Klinik bleiben. Die Schwester gab Alex ein Schmerzmittel. Als sie das Zimmer verließ, hörte er aus dem gegenüberliegenden Zimmer das Radio. Der Moderator spielte die Bangles mit ihrem Hit „Manic monday". Wie wahr, dachte Alex, ein verrückter Montag. Dann schlief er ein.

6. Bahnfahrt mit Hindernissen

Karl hatte sich den Wecker extra früh gestellt. Um kurz vor fünf weckte ihn der Radiowecker mit leiser Musik. Heute war der Tag der Anreise zur Buchmesse in Leipzig. Karl war aufgeregt. Er hatte im Vorfeld eine Fahrkarte für die erste Klasse zum Preis von 39 Euro bekommen. Die Karte in der zweiten Klasse wäre mit Sitzplatzreservierung nur ein paar Euro günstiger gewesen und bei der ersten Klasse ist die Sitzplatzreservierung inklusive. Karl fuhr mit einem ICE bis Hannover und weiter mit einem Intercity nach Halle an der Saale. Dort hatte er ein Zimmer für knapp 150 Euro für drei Übernachtungen mit Frühstück bekommen. In einem 3-Sterne Hotel in Halle-Neustadt. In Leipzig hätte er mehr als das Doppelte zahlen müssen.

Als Karl den ICE in Wuppertal einfahren sah, kam ihm dieser etwas kurz vor, jedenfalls die erste Klasse betreffend. Er schaute auf seine Sitzplatzreservierung und stellte fest, dass sein Wagen fehlte. Karl ging zum Zugbegleiter. Dieser erklärte ihm, dass ein anderer Zug in Köln bereit gestellt wurde und daher ein Wagen der ersten Klasse fehlte. Falls es in der ersten Klasse keine anderen freien Plätze mehr geben sollte, könnte er sich in die zweite Klasse setzen, so der Tipp vom Zugbegleiter.

Karl fand einen freien Platz in der ersten Klasse, war aber erstmal bedient. Beim nächsten Halt in Hagen stieg ein netter älterer Herr ein, der den Platz gegenüber von ihm reserviert hatte. Der Herr wollte nach Braunschweig und musste, ebenso wie Karl, in Hannover umsteigen. In Hamm hatte der ICE einen längeren Aufenthalt, da er mit einem anderen ICE, der über Düsseldorf und Essen nach Hannover fährt, zusammengeschlossen werden sollte. Karl kannte diese Prozedere. Auf einmal ging ein Ruck durch den ICE, begleitet von einem Pochen. Das war ungewöhnlich. Karl hatte eine Vorahnung, was passiert war und hatte recht. Der ICE war beim Verkuppeln auf den anderen aufgefahren und demoliert worden. Eine Weiterfahrt mit diesem ICE wurde erst in Aussicht gestellt und eine halbe Stunde später platzte diese Hoffnung. Alle Passagiere wurden gebeten auszusteigen und auf den, in wenigen Minuten einfahrenden, Intercity nach Dresden über Hannover und Leipzig verwiesen. Menschenmassen bewegten sich daraufhin durch den Bahnhof von Hamm.

Auf dem Bahnsteig angekommen, fragte sich Karl, wie so viele Menschen in einen Intercity reinpassen sollen.

Schließlich waren ja beide ICEs geräumt worden, weil sie nicht weiterfahren konnten. Der nette Begleiter von Karl stand neben ihm und wartete auf den Zug. Dies war die Bahnlinie, in die beide in Hannover umgestiegen wären. Allerdings nun in den Zug, der eine Stunde später fuhr. Daher waren dort die Platzreservierungen nicht gültig. Der menschliche Inhalt eines doppelten ICE quetschte sich mit den regulär wartenden Fahrgästen in einen doppelstöckigen Intercity 2. Da Karl und sein treuer Wegbegleiter Tickets für die erste Klasse hatten, standen sie wenigstens erstklassig und es blieb ihnen Luft zum Atmen. In der zweiten Klasse konnte man von einer Engtanzparty sprechen.

Bis Bielefeld leerte sich die erste Klasse. Karl und der ältere Herr fanden Sitzplätze, die sich gegenüber lagen und atmeten kräftig durch. Sie unterhielten sich über Gott und die Welt, als sich ein Zugbegleiter per Lautsprecher meldete:

„Dieser Zug hält heute, wegen einer Baustelle, nicht in Braunschweig und wird umgeleitet. Der nächste Halt ist Magdeburg Hauptbahnhof."

Karl schaute sein Gegenüber an. Dieser begann schallend an zu lachen und fragte Karl:

„Wo ist die versteckte Kamera? Bin ich bei Verstehen Sie Spaß?"

Karl verneinte halb staunend, halb grinsend.

„Wenn einer eine Reise tut, dann kann er was erleben.", sagte er, „Sie können den Regionalexpress nehmen, damit kommen sie nach Braunschweig."

Der ältere Herr nahm seine Sachen und stieg in Hannover aus. Karl sah, wie der Mann die Treppe im Bahnhof hinunter lief. Eine Minute später, der Zug stand weiterhin im Bahnhof, kam eine weitere Durchsage:

„Dieser Zug hält heute doch in Braunschweig, weil er eine andere Umleitungsstrecke als geplant fährt. Ich wiederhole, dieser Zug hält doch in Braunschweig. Nächster Halt ist Braunschweig Hauptbahnhof."

Schade für seinen vorherigen Begleiter. Die Unruhe im Zug war groß. Einige waren heiter und spotteten über die Deutsche Bahn, andere beschwerten sich lautstark beim Zugbegleiter oder beim Sitznachbarn.

In der Sitzgruppe nebenan hatte sich ein junger Mann, Karl schätzte ihn Anfang zwanzig, hingesetzt. Der Zug fuhr ab und es kehrte Ruhe ein. Da tauchte von unten ein, verlottert aussehender Mann auf. Er fragte Karl, wo das Raucherabteil wäre. Karl sagte ihm, dass es schon jahrelang keine Raucherabteile mehr gibt und das Rauchen in Zügen der Deutschen Bahn schon seit Jahren verboten ist. Der Mann drehte sich erstaunt um und brabbelte noch etwas Unverständliches in seinen Bart, als er ging. Karl und der junge Mann amüsierten sich köstlich über diese Frage. Beide vermuteten, dass der Herr versuchen wird auf der Toilette zu rauchen.

Als der Zug den Hauptbahnhof von Braunschweig verlassen hatte, ertönte ein Alarmsignal. Es hatte ein Rauchmelder angeschlagen. Der Zug reduzierte seine Geschwindigkeit und Zugbegleiter suchten den Zug nach Brandquellen ab. Die Suche verlief erfolglos. Der Zug nahm wieder Fahrt Richtung Magdeburg auf. Karl und der junge Mann ahnten, wer der Übeltäter war.

Kurz hinter Magdeburg gab es erneut Brandalarm. Erneut schwärmten die Zugbegleiter aus und fanden nichts. Da kam eine Durchsage eines Zugbegleiters:

„Der Feueralarm wurde zweimal durch einen Raucher ausgelöst, der auf den Toiletten, die mit sensiblen Rauchmeldern ausgestattet sind, geraucht hat. Wir haben jetzt folgendes Problem. Sollte es nochmals einen Alarm geben, sind wir gezwungen, den Zug am nächsten möglichen Haltepunkt zu stoppen und zu evakuieren. Danach muss die Feuerwehr den Zug untersuchen und der Zug darf nicht, auch nicht nach der Inspektion weiterfahren. Der nächste mögliche Haltepunkt ist nicht der nächste Halt, den der Zug laut Fahrplan hat, sondern der nächste Bahnhof und sei er auch noch so klein und abgelegen. Wer immer auch hier geraucht hat. Bitte machen sie das nicht noch einmal, sonst ist die Fahrt beendet."

Wieder war es unruhig. Alle hofften, dass der Alarm nicht noch einmal angeht. Karl war froh, dass er in Halle aussteigen musste und nur noch Köthen dazwischen lag.

Mit einer halben Stunde Verspätung kam der Zug in Halle an der Saale an und Karl war froh, aussteigen zu können. Nach dieser ereignisreichen Anreise checkte er erschöpft im Hotel ein und fuhr eine Stunde später nach Leipzig, um den Rest des Tages auf der Buchmesse zu verbringen. Jeder Tag in der Woche war kostbar, da am Wochenende auf der Messe ein riesiges Gedränge herrschte. Nach der Rückkehr ins Hotel ließ Karl den Abend vor dem Fernseher ausklingen.

7. Die Rache des Anderen

Alma war eine 70-jährige Dame, die einige Tiefen im Leben hinter sich hatte. Als sie jung war, liebte sie es, mit ihren Freundinnen über Gott und die Welt zu philosophieren. Mit den Jahren, vor allem nach ihrer Hochzeit mit Juan, wurden diese schönen Momente immer spärlicher. Er erlaubte die Treffen nicht. Juan war ein stolzer Spanier. Ihm gefielen die Treffen nicht und so verbot er seiner Frau dieses Vergnügen.

Sie war der spanischen Sprache nicht mächtig und zog sich immer mehr verbittert zurück. Ihr Mann genoss das Leben und spielte den Don Juan. Mit seinem Charme, mit dem er früher Alma rumgekriegt hatte, becircte er spanische Damen. Alma gefiel das gar nicht. Sich von ihm zu trennen würde den finanziellen Ruin für sie bedeuten. Alma hoffte, dass er eines Tages, bei einem seiner Seitensprünge einen Herzinfarkt erleiden würde. Dann bekäme sie ein schönes Sümmchen aus einer Lebensversicherung.

Eines Tages schlich sie ihm nach, denn er sagte, er wäre mit Freunden zum Grillen verabredet. Sie folgte ihm unauffällig Richtung Stadtmitte. Plötzlich kam eine schöne, viel jüngere Frau auf ihn zu. Sie begrüßten sich und fingen sofort an, sich zu küssen. Alma wurde fuchsteufelswild.

Sie wollte einschreiten, als ein Mann an ihr vorbei rannte. Der Mann schrie ihren Juan an und holte einen Hammer aus seinem Rucksack. Außer den beiden Männern und den beiden Damen, war niemand zu sehen. Der Mann schlug mit dem Hammer auf Juan ein. Drei Schläge trafen ihn auf dem Kopf. Juan sackte blutüberströmt zusammen. Der andere Mann und die Frau rannten weg, wobei die Frau geschockt aussah. Alma sah zu, dass sie nach Hause kam. Sie hatte einen Plan.

Als die Polizei sie über Juans Tod informierte, spielte Alma die trauernde Witwe. Sie hatte Glück gehabt und sich die Hände nicht schmutzig gemacht. Nach einiger Zeit bekam sie das Geld von der Lebensversicherung ausgezahlt und zog zurück nach Deutschland. Dort verlebte sie noch viele schöne Jahre.

8. Der Traumjob

Robert war schon längere Zeit arbeitslos. Täglich kämpfte er gegen die Versuchung an, seinen geregelten Tagesablauf aufzugeben. Inzwischen kam fast jeden Morgen ein kleiner Teufel an sein Bett und empfahl ihm liegenzubleiben. Innerhalb der Woche, wenn eigentlich ein Arbeitstag war, konnte er widerstehen. Es war Mittwoch, als ihn der Wecker um sechs Uhr aus dem Schlaf riss. Roberts Augen wehrten sich vergeblich gegen die schreckhafte Öffnung der Lider. Sein Herz pochte und er suchte krampfhaft nach einer Orientierung, wo er war, wie spät es war und um welchen Tag es sich handelt. Schwankend ging er ins Badezimmer, wo er sich eine eiskalte Dusche gönnte. Der morgendliche Schock ließ ihn schlagartig erwachen. Mit weit aufgerissenen Augen und am ganzen Körper zitternd putzte Robert sich die Zähne.

Er zog seinen Schlabber-Look an, denn er hatte nicht vor seine vier Wände zu verlassen. Nach dem Frühstück plante er seinen Tag. Das hatte Robert in einem zweiwöchigen Zeitmanagement-Seminar gelernt. Was für eine Zeitverschwendung. Drei Tage hätten gereicht, aber man wollte ihn in diesem Monat aus der

Arbeitslosenstatistik heraus rechnen. Dazu war der lange Zeitraum erforderlich. Um halb acht klingelte das Telefon.

„Robert Steiger, guten Morgen!" Er bemühte sich angesichts der Uhrzeit um Höflichkeit.

„Guten Morgen Herr Steiger, Wagner hier vom Jobcenter. Können sie gegen neun Uhr heute Morgen bei mir vorbeischauen. Es ist wichtig!"

„Meinetwegen.", sagte Robert, „Ich bin um kurz nach neun bei ihnen. Sie wissen ja, der Bus ist erst dann am Jobcenter. Soll ich etwas mitbringen?"

„Nein, nur sich selbst, kurz nach neun ist in Ordnung, bis dann."

Der Fallmanager legte auf. Robert überlegte was folgt. Noch ein Kurs?

Er zog halbwegs ordentliche Klamotten an und zerknüllte seinen Tagesplan. Der Bus war pünktlich und um kurz nach neun bat ihn Herr Wagner in sein Büro. Robert machte es sich in einem bequemen Lederdrehstuhl gemütlich. Sein Fallmanager hatte die alten, harten Standardstühle schon vor Jahren aus seinem Büro verbannt. Herr Wagner räusperte sich kurz und lüftete das Geheimnis.

„Ich habe sie für ein neuartiges Aktivierungsseminar angemeldet. Es geht sieben Tage und beginnt morgen früh."

Schon wieder ein Kurs. Robert fiel aus allen Wolken.

„Was ist es diesmal? Das x-te Bewerbungstraining?", fragte er.

Sein Fallmanager beruhigte ihn.

"Es heißt im Traum zum neuen Job und war der Renner bei einem Jobcenter in Bayern. Bis auf einen Teilnehmer fanden alle binnen vier Wochen eine Festanstellung."

Herr Wagner war begeistert. Robert weniger. Im Traum einen Job finden. Er fand das Ganze absurd, aber er fügte sich.

Am nächsten Morgen fand er sich mit den anderen Kursteilnehmern an der alten Hauptschule ein, wo das Seminar stattfinden sollte. Robert ging mit den anderen Männern, es waren komischerweise keine Frauen dabei, in Raum 318, wo schon zwei Dozenten auf die Gruppe warteten.

„Herzlich willkommen bei Dreamwork im Traum zum neuen Job!", wurden sie von einem Mann, Mitte vierzig, begrüßt, „Ich heiße Frank und das ist mein Kollege Bernd. Wir duzen uns bei Dreamwork, oder ist jemand dagegen?"

In der Runde herrschte erstauntes Schweigen. Alle schienen einverstanden, inklusive Robert, der sonst eher distanziert war. Irgendwie schienen die Dozenten eine charismatische Anziehungskraft zu haben. Nach den Formalien wie der Teilnehmerliste und den Fahr-geldanträgen, kamen Frank und Bernd zur Sache.

„Ihr fragt euch sicherlich was euch in den nächsten Tagen erwartet. Wir werden mit euren Träumen arbeiten, um euch in Arbeit zu bringen. Durch eure Träume erkennen wir eure individuellen Stärken und Potenziale und setzen diese ein. Wir stärken euer Selbstvertrauen und eure Motivation."

Bernd elektrisierte die Teilnehmer mit seiner Stimme und seiner Präsenz.

„Wie wollt ihr unsere Träume erforschen?", fragte Robert, „Ist das hier eine Art Schlaflabor für Traumerfassung? Und warum sind hier nur Männer?"

„Ja ihr werdet schlafen.", erklärte Frank. „Wir begleiten jeden in eine Art Traumschlaf. Die Träume schreibt ihr auf und dann arbeiten wir mit jedem einzeln weiter."

Beide Dozenten stellten sich ausführlich vor. Bernd und Frank waren Psychotherapeuten und hatten diese besondere Job-Coaching Technik ausgearbeitet und in der Vergangenheit viel Erfolg damit. Ein Teilnehmer rief laut Oohmm und wiederholte die Frage von Robert, warum nur männliche Teilnehmer im Kurs sind.

„Es gibt einen Parallelkurs, nur für Frauen, an einem anderen Standort, der von unseren Kolleginnen Anja und Gisela begleitet wird.", antwortete Bernd.

Nach einer Raucherpause traf sich die Gruppe in einem Nebenraum. Dort waren mehrere bequeme Liegen aufgestellt, für jeden Teilnehmer eine. Das Licht war herunter gedimmt und im Hintergrund hörte man leises Meeresrauschen. Bernd bat alle, sich auf eine Liege bequem hinzulegen. Frank erklärte, was folgt.

„Ihr werdet euch gleich tief entspannen und träumen. Wir sorgen dafür, dass sich jeder an seinen Traum mit allen Details erinnern kann."

„Was ist, wenn ich schnarche? Dann werden doch alle wach?", meldete sich ein Teilnehmer.

„Das wird nicht passieren.", sagte Frank.

„Ich bin ausgeschlafen und meditieren liegt mir nicht. Wie soll ich da schlafen?", fragte Robert.

Die Dozenten sagten, dass bisher jeder geschlafen hat, ohne Ausnahme. Dann wurden die Teilnehmer gebeten die Augen zu schließen. Die Stimme von Bernd klang sehr beruhigend und mit bildhafter Sprache versetzte er die Gruppe in einen Trancezustand. Auch Robert lag teilnahmslos auf seiner Liege und ließ die inneren Bilder an sich vorüberziehen. Vieles kam ihm auf bekannt vor. Er sah Erfolge und Szenen aus seinem Leben, gepaart mit scheinbar wilden Phantasien in seinem Kopf. Robert erschrak innerlich ob der Eindrücke, blieb aber ganz bei sich und in dem Dämmerzustand, in dem er war. Nach 30 Minuten wurden alle in die Wirklichkeit zurückgeholt. Nachdem er wieder bei Sinnen war, erkannte Robert, was vor sich ging.

„Sie haben uns in Hypnose versetzt, ohne uns vorher explizit aufzuklären!", schrie er.

„Beruhig dich Robert. Wir haben euch alles vorher erklärt und es kamen keine Einwände. Außerdem haben wir von euch allen die schriftliche Einwilligung zu Traumreisen. Hier, das habt ihr vorhin unterschrieben.", entgegnete ihm Frank. „Ist doch alles OK, oder nicht?"

Robert war nicht zu bremsen. Er entzog allen das Du und drohte den Kurs zu verlassen.

„Wenn sie das machen, kriegen sie eine Sanktion vom Jobcenter.", sagte Bernd.

Während die anderen begannen, ihre Träume aufzuschreiben, verließ Robert mit knallender Tür den Raum und ging nach Hause. Auf dem Heimweg rief er einen befreundeten Rechtsanwalt an, um bei einer Sanktion zu klagen. Eine Sanktion wurde nicht verhängt.

Die gesamte Maßnahme wurde ein Flop. Alle blieben arbeitslos. „Aus der Traum!", für das Jobcenter.

9. Der Stolperstein des Reiters

Karl war auf dem Weg zu einem Pferderennen. Sein Hengst Barnabas war einer der Favoriten für das Pferderennen an diesem Sonntag. Die Betreuer aus dem

Reitstall waren bereits an der Rennbahn. Karl ritt auf Barnabas durch den Wald. Die Bäume trugen ein Kleid aus grünen, gelben, roten und braunen Blättern. Die Temperaturen waren mild und die Sonne verhieß einen schönen Renntag.

Alles schien perfekt zu sein. Auf einmal schien der Hengst zu lahmen. Karl stieg ab und fragte sich, was mit Barnabas geschehen war. Er führte sein Pferd auf eine Lichtung. Irgendetwas schien mit dem linken Hinterhuf nicht zu stimmen. Barnabas blieb stehen. Karl hob den Hinterhuf an und sah sofort, was passiert war. Barnabas hatte sich einen Stein eingetreten.

Karl beruhigte seinen Hengst und versuchte den Stein zu entfernen. Was er auch tat, der Stein bewegte sich keinen Millimeter. Karl versuchte sein Team auf dem Reitplatz zu informieren, doch er hatte keinen Empfang für sein Handy. Sollte das das Ende für den Favoriten sein?

Karl hörte ungewohnte Geräusche aus der Luft. Er schaute nach oben und sah einen großen Habicht über der Lichtung kreisen. Karl versuchte erneut, den Stein aus dem Huf zu entfernen. Der Habicht schien alles genau zu verfolgen. Der Traum vom Sieg war wohl vorbei, da das Rennen schon bald beginnen sollte.

Der Habicht setzte sich auf einen Baumstumpf. Das Pferd schaute auf den Habicht und wieherte. Der Vogel flog einige Kreise über Ross und Reiter. Karl hob den Huf nochmal an, schaute auf den Stein und dann auf den Habicht. Er versuchte, den Stein erneut mit der Hand zu entfernen, als der Habicht mit seinen Krallen voraus Richtung Huf stürzte, wie wenn er Beute machen wollte. Karl und Barnabas erstarrten vor Schock, so dass der Vogel freie Bahn hatte und sich mit seinen Krallen am Huf zu schaffen machte. Der Stein löste sich und fiel zu Boden. Der Habicht verschwand Richtung Wald.

Karl und Barnabas kamen zu Sinnen. Das Ganze hatte nur zwei oder drei Sekunden gedauert, doch dem Reiter war, als wären Minuten vergangen. Karl setzte sich auf sein Pferd und beide ritten zur Rennbahn. Das Team wartete schon auf den Favoriten. Als der Trainer fragte, was los war, sagte Karl nichts. Ross und Reiter wurden direkt zur Startbox geführt. Barnabas lief das schnellste Rennen des Nachmittags und wurde Sieger. Die Geschichte mit dem Habicht, behielt Karl für sich. Die würde ihm sowieso niemand glauben.

10. Das Weihnachtsfest der einsamen Generationen

Es ging auf Weihnachten zu. In einer großen Stadt erledigten die Menschen ihre Einkäufe für das frohe Fest und die Straßen und Häuser waren weihnachtlich geschmückt. Doch es gab auch diejenigen, die Weihnachten einsam verbringen würden. Die Verwandten waren weit weg oder nicht mehr da. Die Freunde feierten mit ihren Familien und die üblichen öffentlichen Angebote für Heiligabende der einsamen Männer oder Frauen sprachen diese Menschen nicht an. Es handelte sich oft um entweder junge Leute unter 30 Jahren, oder um Menschen jenseits der 70. Weder die jungen Leute, noch die Alten fanden an solchen Tagen zueinander. Manche schauten fern und sahen sich Klassiker wie „Drei Haselnüsse für Aschenbrödel" oder „Der kleine Lord" an, andere gaben sich dem Internet oder irgendwelchen Computerspielen hin. In der Anonymität der Großstadt kannten die Menschen oft nicht einmal mehr ihre Nachbarn im gleichen Haus. Wenn sie sich trafen, hieß es „Guten Tag und guten Weg.", mehr sprach man meistens nicht miteinander. Viele hatten sich an diese trostlosen Weihnachtstage in

Einsamkeit gewöhnt. Etwas Anderes war für etliche Menschen inzwischen außerhalb ihrer Vorstellungskraft. Die Kommunikation über das Internet und andere elektronische Medien hatte, über die Jahre, das persönliche Gespräch in den Hintergrund gedrängt. Angefangen mit der SMS über den Chatroom, bis hin zu E-Mail, Facebook, Messangern und WhatsApp. Mit der Fähigkeit des persönlichen Gespräches ging es bei der jungen Generation mehr und mehr bergab. Die einsamen Alten schwiegen auch immer mehr und beide Generationen hatten sich, sofern sie allein waren, nicht viel zu sagen, und gingen sich aus dem Weg.

Oskar, ein zugezogener, 73-jähriger Witwer, wollte sich damit nicht abfinden. Er fragte bei einer Wohltätigkeitsorganisation in seinem Viertel an, ob man diese Menschen nicht zusammenbringen kann. Dass man sie rausholt aus ihren Löchern und an einen Tisch bringt. Doch dort hieß es, wir haben schon viel probiert und uns fehlen die Helfer. Es werden von Jahr zu Jahr weniger Leute bei uns und die feiern mit ihren Familien. Zur gleichen Zeit hatte Anna denselben Gedanken. Anna war eine 26-jährige Master-Studentin an der örtlichen Universität und wohnte seit zwei Jahren in der Stadt. Ihre Eltern waren mit dem Studium nicht einverstanden gewesen. Anna sollte den elterlichen

Betrieb übernehmen und ihre Interessen hinten anstellen. Dies wollte sie nicht und ging fort. Vor einem Jahr musste der Betrieb Insolvenz anmelden und die Eltern starben kurz hintereinander an Herzversagen. Das Schuldenerbe schlug sie aus. Sie war nun auf sich allein gestellt. Bisher fand sie nur wenige Freunde in der neuen Umgebung. Sie wohnte in einem abgewrackten Wohngebiet im Norden der Stadt, Oskar in einem anderen schmuddeligen Stadtteil im Süden. Oskar und Anna gaben jeweils eine Zeitungsannonce im wöchentlichen Anzeigenblatt auf.

„Einsame Seelen suchen gemeinsame Weihnachten. Menschen für Weihnachtsfestorganisation gesucht.", so der kurze Text. Die Anzeigen glichen sich bis aufs Wort. Anna und Oskar dachten zuerst, dass ihre Anzeige doppelt erschienen war, bis sie merkten, dass die Anzeigen verschiedene Kontakttelefonnummern hatten. Oskar griff zum Telefon und rief Anna an. Beide waren erstaunt, dass sie exakt die gleiche Idee hatten, nur jeweils für ihre Generation.

Anna schlug ein Fest der Generationen vor. Alte und junge Menschen kommen zusammen, möglichst in der Stadtmitte, und feiern gemeinsam an Heiligabend. Oskar gefiel die Idee sehr gut. Am nächsten Tag trafen sie sich in einem Café im Herzen der Metropole.

„Wir brauchen einen großen Saal und viele Helfer.", sagte Anna.

„Du hast recht, aber so ein Saal kostet Miete. Essen und Getränke sind auch nicht gratis zu haben.", sagte Oskar.

„Lass uns das groß in die Presse bringen, das lesen die Alten.", sagte sie.

„Und ins Internet, für euch junge Leute. Ich kenn mich damit aber nicht aus.", sagte er.

„Die kalten Getränke könnten wir vielleicht vom hiesigen Getränkehersteller bekommen.", sagte sie.

„Die warmen Getränke bringen wir Alten von zuhause mit, oder zumindest Kaffeemaschinen und Wasserkocher für Tee. Vielleicht geben die Großhändler und Kaffeegeschäfte in unserer Stadt Kaffee und Teebeutel als Spende.", sagte er.

Beide beschlossen zur örtlichen Tageszeitung, den Anzeigenblättern und dem Studio des lokalen Radiosenders zu gehen, um ihre Idee kundzutun.

Die Medien waren sehr aufgeschlossen und begeistert von der Idee, aber als sie nach dem Veranstaltungsort fragten, mussten Anna und Oskar mit den Schultern zucken. Der Chefredakteur der Tageszeitung rief den Bürgermeister an, um nach Räumlichkeiten zu fragen. Sein Wort hatte mehr Gewicht in der Stadt, als Annas und Oskars. Das Stadttheater wäre geeignet, leider sollte dort am Vormittag des 24.12. ein Theaterstück gegeben werden. Die Räume waren besetzt. Sollte es an den Platzproblemen scheitern?

Anna und Oskar waren sich sehr unsicher, wie viele Menschen zu so einem Fest kommen würden. Was ist, wenn sich nur ein paar Handvoll Leute einfinden würden. Außerdem muss das Essen auch organisiert werden und der Auf- und Abbau. Beide waren kurz davor aufzugeben. Ohne Räumlichkeiten brauchten sie nicht weiterzumachen.

Der Bürgermeister fand die Idee toll und versuchte, die Eigentümer von größeren Veranstaltungshallen in der Stadt zu erreichen. Leider hatte er keinen Erfolg. Am nächsten Morgen meldete sich der örtliche Profi-fußballverein bei der Tageszeitung. Er hatte durch einen Eigentümer einer Veranstaltungshalle von dem Ansinnen der beiden Organisatoren erfahren.

„Wir könnten unser Stadion zu Verfügung stellen. Wir haben Winterpause, und der Rasen wird im Januar sowieso ausgetauscht. Wir können das Stadiondach

schließen und so eine große Halle daraus machen.",
schlug der Vereinspräsident vor.

„Das wäre der Hammer. An diese Möglichkeit hatten
der Bürgermeister und ich noch gar nicht gedacht.",
sagte der Redakteur.

„Auf- und Abbau müßten aber vom Veranstalter
organisiert werden. Außerdem will ich keine Randalierer
im Stadion haben.", sagte der Präsident.

Der Redakteur lud Anna und Oskar ins Rathaus ein,
ohne ihnen zu sagen, worum es geht. Der
Bürgermeister war überrascht über den Besuch. Auch er
war nicht eingeweiht worden. Als der Redakteur den
Anwesenden von dem Telefonat mit dem
Vereinspräsidenten erzählte, waren alle fassungslos vor
Glück.

Für die Medien war das die Hauptschlagzeile des
nächsten Tages. Es wurde ein Organisationsbüro im
Rathaus eingerichtet und bereits am Tag der
Pressemeldungen gingen hunderte Anrufe und E-Mails
ein. In den folgenden Tagen auch viele Briefe von
betroffenen Menschen, die helfen und dabei sein
wollten.

Die Veranstaltung war in aller Munde. Ein Werbeunternehmen druckte und klebte hunderte Plakate und hing sie in der Stadt auf. Der Getränkehersteller ließ sich nicht lumpen und spendierte kalte, antialkoholische Freigetränke für 1500 Personen, mit der Zusage nachzuliefern, wenn das nicht reichen sollte. Kaffeehändler und der Großhandel deckten den Bedarf an Kaffee, Filtertüten und Teebeuteln. Festveranstalter und Vereine aus der Stadt sicherten die Lieferung von Bierzeltgarnituren zu und die Hilfsorganisationen, wie das Rote Kreuz oder die Malteser kümmerten sich um die Notfallvorsorge durch normalerweise einsam feiernde Sanitäter.

Viele ältere Menschen, die mitfeiern wollten, versprachen Kuchenspenden und etliche junge Menschen meldeten sich für Auf- und Abbau. Da es einsame Menschen mit vielen Ideen gab, wurde ein kleiner Veranstaltungskalender für den Tag erstellt. Es sollte Gesprächsrunden geben mit Themen wie „Wie ging denn früher alles ohne Internet, Handy und E-Mail?", oder „Was können die Alten von den Jungen lernen?".

Anna und Oskar schienen ein Thema aufgegriffen zu haben, das viele Menschen betraf und beschäftigte. Ein gemeinsamer, statt ein einsamer Heiligabend.

Der Tag rückte näher und Anna und Oskar wurden immer nervöser. Die Spannung stieg. Würde alles gelingen? Würden viele Menschen kommen? Würden sich die Generationen verstehen und mischen, oder säßen beide Gruppen für sich allein? Fragen über Fragen verfolgten beide bis in den Schlaf.

Am 23.12. wurden Tische und Bänke, sowie Getränke und die Technik geliefert und geordnet aufgebaut. Außerdem wurde das, zur Halle umfunktionierte Stadion, bereits geheizt, denn seit zwei Tagen gab der Winter mit etwas Schnee ein Stelldichein. Schnee war selten zu Weihnachten in dieser Stadt zu sehen. Alles war in Feststimmung.

An Heiligabend strömten zweitausend, junge und alte, einsame Menschen in das Stadion. Es wurde ein friedliches Fest mit einem großen Austausch zwischen den Generationen. Mitunter trafen sich Nachbarn aus dem gleichen Haus, die nichts von der Einsamkeit des Anderen ahnten. Das persönliche Gespräch und die Abwesenheit von Computer und Internet sorgten für eine offene Atmosphäre zwischen Jung und Alt. Der Abbau am nächsten Tag gestaltete sich problemlos und Anna und Oskar wurden mit einem Verdienstorden der Stadt ausgezeichnet. Sie hatten viele einsame Menschen zusammengebracht und das Miteinander nachhaltig verbessert. Dieses Fest wurde zu einem festen Weihnachtstermin und Jahr für Jahr von Freiwilligen organisiert, bis heute.

11. Jamies verschneiter Dezember

Jamie wachte frühmorgens auf. Es war der 8. Dezember. Jamie war ein zwölfjähriger Junge aus den USA. Er lebte mit seinen Eltern, George und Mary, in einer kleinen Stadt in Deutschland. Die Gegend in Nordrhein-Westfalen, in der er wohnte, war nicht für Schneefall zu Beginn des Dezembers bekannt. Als er aus dem Fenster schaute sah er überall Schnee. Jamie sprang aus dem Bett. Er zog sich so schnell an wie er konnte und rannte aus dem Haus. Es war zu kalt, für die Sachen, die er trug. Jamie wollte sich nicht erkälten. Er hatte keinen Schnee mehr gesehen, seit seine Familie vor vier Jahren die USA verließ. Sein Vater sollte für das US-Unternehmen, bei dem er arbeitete, die Deutschlandzentrale aufbauen. Deutschland war so anders als die USA. Ein anderes Schulsystem, eine andere Sprache, viele Dinge waren schwierig für die Familie. Jamie lernte sehr schnell gutes Deutsch, aber seine Mutter verzweifelte an der deutschen Sprache. Besonders schwer war für sie die Grammatik. Sein Vater hatte bereits in der Schule Deutsch gelernt und keine Sprachschwierigkeiten.

Jamie ging zurück ins Haus und rief seine Freunde in der Nachbarschaft an. Er wollte mit ihnen einen Schneemann bauen. Es war Samstag und die Schule war geschlossen. Rudolf, der zwei Straßen weiter wohnte, war der einzige Freund, der genauso früh aufgewacht war wie Jamie. Nach dem Frühstück sah Jamie, wie immer mehr Schneeflocken vor dem Fenster tanzten. Eine Stunde später hatte sich der Schneefall in einen regelrechten Schneesturm verwandelt. Die Stadt, in der er lebte, hatte noch nie so viel Schnee erlebt.

Nach dem Schneesturm sah man weder Autos noch Busse auf der Straße fahren. Im Fernsehen berichteten sie über diese Katastrophe, die nach und nach fast ganz Deutschland getroffen hatte. George und Mary machten sich große Sorgen wegen des Schneesturms. In den nächsten Tagen sollte es, laut Wetterbericht, nicht besser werden. Jamie und sein Vater gingen in den nächsten Supermarkt. Es hatte sich eine Schlange gebildet, die nach und nach in den Markt gelassen wurden. Viele Menschen, die aus dem Markt kamen, trugen so viele Einkäufe raus, wie sie konnten. Eine halbe Stunde später durften Jamie und sein Vater das Geschäft betreten. Sie kauften Brot, Wasser und andere Nahrungsmittel, die noch da waren. Die Regale waren fast leer. Mary war so glücklich, dass die beiden noch etwas zu essen und zu trinken bekommen konnten. Im Fernsehen berichteten sie von bürgerkriegsähnlichen Zuständen in vielen Geschäften. Etliche hatten geschlossen und die Polizei musste kommen, um Randalierer festzunehmen.

Während der nächsten Tage fielen die Temperaturen immer weiter. Es fiel immer mehr Schnee. Was für eine Katastrophe in Deutschland. Die Bundeswehr baute in allen Städten Zelte mit Suppenküchen auf, denn viele Menschen hungerten. Die Supermärkte blieben geschlossen und konnten nicht beliefert werden. Viele Leute hatten keine Lebensmittelvorräte mehr. Randalierer zogen durch die Straßen um irgendetwas zu essen oder zu trinken zu bekommen.

Jamie und seine Familie blieben zuhause. Zur Arbeit zu gehen war unmöglich. Die Schulen blieben geschlossen. Draußen zu spielen war zu gefährlich. Daher telefonierte Jamie zwei Stunden täglich mit seinen Freunden. Mary lernte besseres Deutsch, in dem sie Englischkurse für Deutsche auf einem speziellen Fernsehkanal schaute. Das schlechte Wetter mit viel

Schnee blieb bis zum Jahresende. Weiße Weihnachten in ganz Deutschland. Normalerweise wäre das märchenhaft, aber diesmal war es eine Katastrophe. Mary, George und Jamie hatten Flüge in die USA gebucht, um bei ihren Verwandten Weihnachten zu feiern, aber alle Flughäfen blieben geschlossen.

Es war ein Weihnachten ohne viele Geschenke und ohne Weihnachtsbaum. Das größte Geschenk war, dass alle gesund waren. Sie sangen Weihnachtslieder und riefen ihre Verwandten in den USA an. Dieses Weihnachten wird allen Menschen in Deutschland lange in Erinnerung bleiben, denn es wurde ihnen bewusst, das ein friedvolles Weihnachtsfest das größte Weihnachtsgeschenk ist, das man bekommen kann.

Ebenfalls von Christian Gläsmann als Taschenbuch bei Books on Demand erschienen:

Der Schlitzer von Remscheid (Krimi, 2017)

ISBN: 978-3-7460-1128-8